高名凯译文集 19

受人咒诅的儿子

（法）巴尔扎克 著

海峡出版发行集团 THE STRAITS PUBLISHING & DISTRIBUTING GROUP | 海峡文艺出版社 Haixia Literature & Art Publishing House

目　录

母亲是怎么活的

一、一间十六世纪的卧室

一个冬夜，清晨两点钟的时候，黑罗维尔·约安伯爵夫人感到万分的苦楚，虽然毫无经验，她也预觉到不久将要分娩；改变地位时使我们往好处希望的本能就劝告她从床褥里坐起，或是去研究一切新的苦痛的性质，或是去思虑她的情景。她万分的恐惧，这倒不完全是骇怕大多数女人所惊惧的第一次分娩的困难，而是生怕婴儿所要受到的危险。为着不至于惊醒睡在身边的丈夫起见，可怜的女人就采取了许多谨慎的措置，深长的恐怖使她的行动变成跟越狱的囚犯所有的举动一样的细心。虽然她的苦楚越来越紧迫，她却不再感觉到，因为她集中她的一切力量去进行一个辛苦的工作，把她的两只潮湿的手靠在枕头上，让她的苦楚的身躯离开了使她柔软无力的姿势。听到了她的结婚以来就很少在下面睡觉的绿色花纹布的大幅被头所生的任何声息，她都停住，好像听到钟声的鸣响一般。她不得不侦察伯爵，于是就轮流的注视吵闹的被单的褶纹和一只深灰色的大脸孔，这脸孔的胡髭轻轻的触碰她的肩膀。如果丈夫的嘴唇吐出响亮的鼾声的话，她就突然的惊惧起来，使她的双颊因为双重的忧虑而通红。一个罪犯夜里爬到狱门上，蹑手蹑脚在无情的铁锁里设法转动他所找到的钥匙时也不比她更为懦怯而大胆。伯爵夫人坐在床褥上看见没有惊醒她的守卫，就发出了一个儿童一般的快乐的姿态，可以表露她的性格是如何的天真；但是热烫的嘴唇上所结成的一半的微笑却忽然的止住了：一个思想使她的洁净的额头现出忧色，

她的蓝色长眼睛又恢复了悲愁的表情。她叹了一口气，又小心翼翼的把她的一双手放在惨痛的夫妇枕头上。然后，好像结婚以来第一次有行动和思想的自由似的，她就看了看周围的事物，宛如笼中的小鸟所有的轻微的动作似的伸长了她的颈项。看了她这情况，人家就不难猜出不久之前她是如何的快乐，如何的淘气，然而命运又如何突然的伤毁了她的初年的希望，使她的纯朴的快乐变成了哀怨。

这卧室是我们这时候还有几个八十岁高龄的门房指给游历老别宫的客人看，而对他们说“这是路易十三曾经在内睡过觉的华贵的卧室”的一种房子。几张美丽的绣毡大部分都变成了棕黄的色调，就框在宽大的胡桃木边里，这些木边的精致雕刻都因为年代的久远而变成黑色的了。许多木椽就在天花板上结成了饰有前一世纪的花卉形图案的格子，保存了栗子树的颜色。这些深颜色的装饰品不能反射多少的光线，结果，就是在太阳光照进这间又高又阔又长的房子时，我们也很难看出它的景象。所以，放在大壁炉台上的银灯也只能够这样柔弱的照耀它，银灯的颤栗摇荡的微光可以比拟秋夜不时透出灰色天空的云星。紧密排在伯爵夫人卧床对面的这只壁炉的云母石里的怪人像露出了这样粗野丑陋的脸形，她甚至于都不敢在上面停留她的视线；她只怕看见他们动了起来或是听见他们那张开的歪斜的嘴发出一声狂笑。这时候，壁炉里怒哮着一阵可怕的狂风，壁炉回响着一切的吹打声，使他含有一种悲愁的意蕴，宽阔的烟囱使壁炉和天空的交通十分的流畅，使炉里的着火木都有一种类似呼吸的动作，顺着天风的意向，忽而明亮，忽而熄灭。云母石所雕刻的黑罗维尔家的徽章，徽盖和支柱的图像都使这只跟鸳鸯床两相对立的“大厦”有点像坟墓，这张床也是为婚姻的光荣而设置的一种“纪念碑”，一位现代的建筑师一定会觉得非常困难来决定到底是为着这张床而建筑这间卧室或是为着这间卧室而设置这张床。两个爱神就在饰有花叶装饰的绳索的胡桃木天板上嬉戏着，人家一定会把他们看做是两个天使，支持这屋顶的同样木头制造的圆柱表现着许多神话的故事，这些故事的寓言可以从《圣经》和奥微德的《蜕化》[①] 里找到解

---

① Ovide是和耶稣同时的一个罗马的诗人，著述甚多，《蜕化》（Metamorphoses）只是其中的一部。

释。取消了这张床的话，这天板也可以同样合式的盖住教堂的宝座，或教会理事的椅子，夫妇两个人都得登上三个层级才可以爬上这华贵的床，床的旁边围着高高的搁板，挂着两块绿色花纹绸的床帘，印有明亮的图画，人家管这种布料叫做“鸟鸣绸”，这也许是因为人家认为画在上面的鸟简直就在歌咏。这两块巨型床帘的褶纹是坚硬的，夜里的时候，人家甚至于会把这绸缎看做是铁板。黑罗维尔伯爵的迷信曾经在饰有形成这“龙床”背部的金流苏的绿色丝绒上面悬上一只巨型的基督苦像，他们的家庭教士就在百花怒放的复活节在十字架下面重新倒上圣水的同时在这苦像上面重新放上一块受过祝福的黄杨木。

壁炉的一边有一个硬木的衣橱，制造得十分的精巧，这是外省的年青新婚夫妇还是可以在结婚的日子收到的一种珍贵的家具。这些老旧的衣箱是女人们可以从中汲取既丰富又标致的装饰品的宝库！里面藏有各种花边，各种裙子，高高的领圈，贵重的袍子，装布施钱的钱袋，面具，手套，面帕，十六世纪所发明的一切装束。另外一边和这相等齐的地方立着一个同类的家具，伯爵夫人就在上面放置她的书籍，她的纸张和她的宝石。几张铺有大马色花布的古代靠椅，一面威尼斯出品的装在一个富丽的活动梳妆台上面的浅绿大镜就凑全了这卧室的家具。地板上铺着一张波斯地毯，它的富丽可以证明伯爵的风流。最后一层的床阶上面有一张小桌子，随身女仆每天晚上都在这桌子上放下她在一只金杯或银杯里所预备的加香饮料。

我们走进人生道途几步路的时候，就认识了地方的环境对于灵魂的品质怎么样的施展着它的秘密的影响。谁没有遇到让我们在周围的事物里看到我也不知道是那一种希望的保证的恶劣的时刻呢？无论是快乐也好，或是悲痛也好，一个人总给生活上所遇到的一切东西加上一个姿态；他听着他们，他请教他们，因为他本质上是迷信的。这时候，伯爵夫人游目巡视了这一切的家具，好像它们都是活人似的；她仿佛要请求它们的帮助或是它们的保护似的，然而这暗淡的奢华在她看来却似乎都是残忍的。

突然间，狂风加倍的发作了。年青的女人听到了这上天的威胁，再也不敢预卜吉祥。在这信仰神意的时代里，这些天时的变化都是顺着每一个人的思想习惯而加以各种的解释的。她忽然移目注视卧室尽头的两只峨特式的十字窗；但是细小的花玻璃和多量的铅片却不允许她去察视穹苍，去认清到底世界的末日是不是到来，正如几个贪得遗赠的僧侣之所言。她不难相信这些预言，因为冲击别宫墙垣的海波的怒哮都来凑合这暴风的狂吠，岩石似乎都动荡了。虽然苦楚总是越来越剧烈，越来越残暴，伯爵夫人仍然不敢惊醒她的丈夫；但是她却考察着他的脸纹，好像是失望劝告她到那里去寻找抵抗一切凶兆的安慰似的。

如果这位年青少妇身边的事物都是悲愁的话，这个脸孔却显得更为悲愁，无论他在睡眠里如何的镇静。因为受了风吹的激动，消灭在床里的灯光只不时的照耀着伯爵的头，仿佛这微光的动作在这休憩的脸孔上假装出一场风波也似的思想的争辩。认出了这现象的原因之后，伯爵夫人好容易才放心了。每一天，当天风把灯光射落在这伟大的脸孔上，表露出这脸孔所特有的胼胝的影像时，她都觉得她的丈夫仿佛要对她盯来两只严厉的不可忍受的眼睛。伯爵就像教会和加尔维尼派的战争一样的难于和解，他的额头就在睡眠之中也还是那样的吓人；战争生活的奋激情绪所产生的许多痕迹在那里印下了跟这时代拿来装饰建筑物的红色石块相当类似的色泽。未老先衰的灰白的头发就像老橡树的白色藓苔似的无情的绕住这额头，宗教上的仇恨也在那里露出了他的急躁的残暴。类似鸷鸟嘴啄的鹰嘴鼻，一只黄色眼睛的褶皱的黑色的轮廓，凹陷的脸孔的隆起的颧骨，严酷的深长的皱纹，下唇所标记的轻蔑，这一切的一切都指明他的野心，他的专横，让人恐惧的暴力；这种暴力之令人恐怖，正如狭窄的头骨之表露他的愚蠢，他的卤莽的勇敢一样。这脸孔又因为一个在右颊里形成了第二个嘴的横切的伤痕而更显得丑陋。三十三岁的时候，伯爵因为要在圣巴尔特莲美所号召的宗教战争里一显身手，曾经在围攻罗栖尔的时候受过重伤。这一天受伤的不幸遭遇（用当时的语言来说）增加了他对那些宗教反对派的仇恨；但是因为了相当自然的天性，他也同样的厌恶容貌美丽的男人。在这一次的惨剧之前，他就已经是这样的丑，甚至于没有任何的女人愿意接受他的恭维。年青时代的唯一爱情就是他和一位名叫"罗马美人"的著名的女郎的恋爱。重新一次的失宠所给他产生的疑惑使他不敢再相信能够感应一个真挚的爱情；他的性格变成了这样野蛮的，如果他在风流韵事方面成功，这也只能是因为他的残暴所感应的恐惧的结果。

这位可怕的天主教徒垂在床外的左手可以凑全来描写他的性格。这只大手就像一个吝啬人保守他的财宝似的伸了出去，仿佛要守住伯爵夫人似的，手面长了一层这样丰厚的毛，露出这样突起的血管和肌肉，简直就像是一根被枯黄的长春籐绕住的山毛榉的树枝。看了伯爵的脸孔，一个儿童一定会以为他是保姆所著述的可怕的故事里的什么恶鬼。只要看了伯爵在床上所占据的又宽又长的地位，就可以猜得出他的身躯的比例是怎么样的巨大。他的斑白的粗眉毛给他遮住了他的眼皮，好像要使他的目光更加明亮似的，他的眼睛所发出的凶猛的光线就像是叶荫里侦察食物的狼目的光芒。在他的狮子一般的鼻孔之下，两道没有细加修饰的宽阔的胡髭（因为他轻蔑打扮）叫人家看不见他的上唇。幸而这时候伯爵夫人的丈夫的阔嘴是缄默的，因为这哑塞的嗓子所发出的最温和的声音也会使她颤栗。虽然黑罗维尔伯爵才有五十岁，人家第一眼看过去一定要说他已经六十岁，因为战争的疲劳虽然没有改变他的健顽的身体，却损害了他的姿仪；但是他也并不在意要当一个小白脸儿。

伯爵夫人到达了十八岁，她简直在这个庞然大物旁边形成了一个不堪入目的对照。她是白皙娇嫩的，她那杂有黄金色调的栗色的头发就像清风浮云似的在她的颈项上飘荡着，而用即将因为身躯苦楚的打击而消灭的象牙的颜色给画出了杜尔西·卡尔罗为他的圣母像而寻找的一只甘美的脸孔。您也许会说她是一个负责来柔和黑罗维尔伯爵的意志的天使的显灵。

“不，他不会杀死我们！”长时间端详了她的丈夫之后，她的心里这样的喊道，“他不是很坦白，很高贵，很勇敢，而忠实于他的诺言吗？……”

“忠实于他的诺言？”脑筋里重新说了这句话的时候，她就剧烈的颤栗起来，呆呆的愣住了。

为着了解伯爵夫人的可怕的景况起见，我们得加上一句话说：这一幕夜戏是在一五九一年法兰西到处都是内战，法律失去效用的时代发生的。反对亨利四世登基的神圣同盟的残暴超过了一切宗教战争的灾难。那时候，放肆的行为达到了极点，人家甚至于都毫不惊愕的看见一个大贵族派人白天公开杀死他的仇敌。任何假借神圣同盟或国王的名义而为私利的军事行动都可以从这两方面得到极大的褒奖。一个平凡的兵士巴拉凝也就这样的几乎在法兰西国门成为了一个至高无上的王公。至于家庭里的杀戮呢（如果我们可以用这句话来说的话），人家也只把它看得跟切麦秆一样的平常，除非一些过分残暴的情形外，当时一个人这么说。国王驾崩之前一些时候，一位宫女杀死了一个对她恶言相加的绅士。亨利三世的一个嬖人就对他说：

“上帝万岁！陛下，她杀得好！”

因为严格的杀戮，黑罗维尔伯爵这个诺曼地最激奋的保王党

就使这一省的人听从亨利四世的命令，而保有了这一省跟布列颠交界的地方的整个领土。他是法兰西一个最富裕的家庭的领袖，又于这篇故事开头之前七个月娶了圣萨凡·约安来增加他的土地的收入。这位年青的小姐因为了这草菅人命的时代的一个相当平常的偶然事故忽然在头上结连了圣萨凡两房的财产。必要和恐怖是这婚姻的唯一的媒介。两个月之后，拜欧城为黑罗维尔伯爵夫妇举行庆祝宴会的时候，席间忽然引起了这无知的时代觉得非常可笑的谈论；这就是关于丈夫死了十个月之后或是结婚之后七个月出生的孩子是不是合法的问题。

“夫人，”伯爵粗野的对他的妻子说，“至于我死了十个月之后给我生出一个儿子，我也没有办法。但是，您开头可不要七个月就生产!”

“要是生的话，你要怎么样呢，老熊?”年青的维尔纳尔侯爵问，他想伯爵是说笑话。

“我要绞断母子两个人的脖子。”

这样确切的回答就使一个低诺曼地的贵族所不慎提出的辩论结束了。客人们都缄默而恐怖的瞧着美丽的黑罗维尔伯爵夫人。大家都认为在这种情形之下这位凶猛的贵族一定会实施他的恫吓。

伯爵的话语就在那时候已经怀妊的少妇心里震荡着；甚至于就在这时刻，一道好像照耀将来的闪光一样掠过灵魂的预觉就告诉她她会在结婚之后七个月生产。一阵内心的热气从头到脚的包住了年青的少妇，她这样猛烈的把她的生命集中到她的心里，她甚至于都觉得外面好像是在冰冷的浴盆里洗澡一样。自从这时候起，这秘密的恐惧动作就没有一天不阻止她的灵魂的天真纯洁的兴奋。回想到伯爵说出这个断案时所有的眼色和声调，伯爵夫人的血液就更加的冰凉了。当她侧身朝着这昏睡的脑袋，想要在他的睡眠里去寻找她前一夜在那里所没有找到的怜悯的标识时，这回想也就使她的苦楚停止了。这个未生之前就有死的威胁的孩子就用激奋的挣扎要求出世，她也就用类似叹息的声音喊道：

“可怜的小东西！……”

她没有说完话：一位母亲有许多不能忍受的思念。这时候伯爵夫人已经失去了她的推理能力，她仿佛让一种莫名的忧愁给蔽住了。眼睛里涌出的两个泪珠慢慢的顺着她的双颊流了下来，给那里留下两条明亮的痕迹，挂在她的洁白脸孔的下部，好像百合花上的两滴露珠。那一个学者敢拿她来说明当灵魂包蔽身躯，给身体交感印象，当思想给血液灌输补品或毒汁的时候孩子还留在母亲的感情并不渗透其中的中立地带呢？这摇动树木的恐惧是不是打落了果实呢？这句“可怜的小东西”是不是预测将来所给她口授的一个断案呢？这位母亲的颤栗是剧烈的，她的目光是刺人的！

伯爵嘴里所发出的血腥的回答是一个把妻子的过去生活神秘的连上这早熟的生产的链子。这样公开发表的可恨的狐疑就给伯爵夫人的回忆投上了一直震动到将来的生活为止的恐怖。自从这一次惨痛的宴会之后，她就用其他的女人可以感到快乐来回味的同样程度的惊惧来驱散她的激奋的幻想不顾她的抵抗而给她描绘的成千蓬乱的图像。她拒绝去欣赏她的心灵自由爱恋的幸福的日子。正如故乡的曲调可以使充配边塞的军人流泪似的，这些回想也使她追忆甜蜜的感觉，她的年青的良心甚至于都谴责这些感觉为罪愆，使她觉得这比伯爵的威胁都还可怕：这就是压迫伯爵夫人的恐惧。

酣睡的脸孔却有一种因为身心的绝对休息而生的温柔；但是，虽然这安静并没有多大改变伯爵脸纹的残暴表情，然而幻想却给不幸的人生出这样惑人的海市蜃楼，年青的少妇甚至于也就在这平静里找到了一种希望。那时候放纵倾盆大雨的暴风只让人家听到一阵悲恻的怒哮；她的恐惧和她的苦楚也放松了她一会儿。伯爵夫人瞧了她的生命所联系在一起的这个男子，就堕进了一个温柔陶醉的梦境里，她甚至于都没有力量来打破这梦境的蛊惑。顷刻之间，她就借着一道渗有神圣的力量的幻觉使一逝不返的幸福影像快速的浮现在她的眼前。

起先，约安仿佛是在远处的晨曦里似的看到了无忧无虑的童年在内流逝的端庄的别宫：这的确是那块碧绿的草地，那条新鲜的溪流，那间小小的卧室，初年的嬉戏的舞台。她仿佛看见自己采集花朵，种植花木，想不出为什么尽管她继续不断的灌溉，它们都枯萎了，丝毫也不生长。一会儿，七岁的时候她的母亲带她去观光的大城和宏大的衙门也就模模糊糊的出现了。她的刻薄的记忆给她指示出使她苦楚的教师们的衰老的头。她心里重复的歌唱小曲，来配合一把清秀的三弦琴的声音，而在西班牙文和意大利文的语流中回想到她的父亲。从大理院回来的时候，她走在她的父亲院长之前，瞧着他下骡，拉了她的手，叫她跟他一同登上楼梯，而用闲谈来驱散往往不会跟法官的黑色袍或红色袍一同脱落的法官的疑虑，这袍子那杂有黑斑的白皮裘就由一个轻佻的举动而被她的剪子割断了。她的姑母是克拉里斯教派的女修道院院长，她只对姑母的忏悔师投去一道眼色，这位忏悔师是个严厉的过分敬虔的人，他负责引导她去领会宗教的神秘。这位老教士因为异教所必要的严酷的态度而变成了残忍的，他时时刻刻摇动着地狱的铁链，只谈到上天的报复，告诉她她随时都在上帝面前，使她生出恐惧之心。她于是就变成了懦怯的，再也不敢仰起眼睛，只敬爱她的母亲，因为她一向只叫她的母亲跟她一块儿嬉戏。从这时候起，当她看见了她的亲爱的母亲用类似愤怒的蓝眼睛盯住她的时候，她的年青的心灵就被一阵宗教的恐怖包围了。

她突然间走过了第二期的童年，在这时期之中，她还一点儿也不懂得人生。她用几乎可以说是讥笑的歉意来致敬她的一切的唯一幸福就是跟她的母亲一同在小织绣室里工作，在大教堂里祈祷，歌唱一曲小调来配合三弦琴，偷偷的阅读一部英雄小说，好奇的撕破一朵花，发现圣约翰诞辰那一天她的父亲给她送来的礼物，研究人家没有在她面前说完的话语的意义的那些日子。不久，她就用一个思想来拭净幼稚的快乐，好像人家拭净一个写在纪念册上的文字似的，这些幼稚的快乐是她的幻想在她不再苦痛的时刻刚给她在十六岁的童年生活所能够给她贡献的一切图像里选择出来的。这透明清秀的洋海的韵致不久就被一个更为新鲜的回忆的光芒隐蔽了，虽然这回忆是富有风波的。童年的和平的快乐给她带来的甜蜜的滋味还不如最后两年的生活所有的许多烦扰之中的一个烦扰所给她带来的多。这两年的时期赋有多少永远埋藏在她心里的丰富的宝库啊！伯爵夫人忽然想到了从前在兼司饭厅功用的雕花榛木所盖的会客室里第一次遇见她的表哥的那个悦人的早晨。母亲的娘家骇怕巴黎的诱惑，就把这位年青的宫臣送到卢昂来，希望他在大舅身边学习当法官的职责，因为这官职将来总有一天要传给他的。伯爵夫人想到她怎么样兴奋的认到她所等待的这位尚未谋面的亲戚时就退了出去，不禁微微的一笑。无论她如何迅速的开了门，又关上门，她的一瞥眼就给她的灵魂这样鲜明的印上了这一幕景的影象，这时候她甚至于都还觉得看见他那时候转过身去的情形。那时候她只偷偷的羡慕巴黎制的服装的趣味和奢华；但是，今天她却在回忆里变得更大胆，她的眼睛非常自由的巡视着绸里的绣金紫色丝绒的大衣和装饰半节靴的铜铁细工，紧衣和股衣里所镶嵌的优美的菱形饰和让人看出花边一般白嫩的颈项的压平的富丽的硬领。她用手去抚摸一只具有两撮反钩的上唇的胡髭和一个类似父亲的律师肩章上所饰的黄鼠狼尾巴的下唇的胡须的脸孔。在这冷静的午夜里，她的眼睛盯住了她已经看不见的花纹布的衣裾，忘记了暴风和丈夫，她居然敢于回想过了度日如年的几天之后老黑墙所包围的花园和她父亲的黑色的公馆在她看来是怎么样的有如光明灿烂的金屋。她爱上了人家，人家也爱上了她！她又想到了一天早晨，因为骇怕她的母亲的严厉的目光，她是怎么样的滑进了父亲的办公室，来给他报告许多年青少女的知心话，坐在他身上之后，又怎么样的用轻佻的举动引起了雄辩的老法官在嘴唇上所挂的微笑，这微笑正是她所等待的。她要回答说：“要是我告诉您什么事情，您要骂我吗?”她仿佛觉得还在听见她的父亲听到她第一次跟他谈到她的爱情之后对她所说的话：“呃，我的孩子，咱们以后再瞧罢。要是他研究得好，要是他愿意承接我的职位，要是他还继续叫你喜欢的话，我就要帮你计划!”她再也听不见她的父亲往后所说的话，她吻了她的父亲，推乱了公文，跑到一棵大菩提树底下去，她每天早晨都在母亲起床之前在这里会见文雅的沙微尔尼·乔治，年青的宫臣答应努力研究法律和风俗，他离开了刀剑贵族的服饰，换上了法官的严肃的装束。

“我更喜欢你穿黑袍子①。”她对他说。

她撒谎，但是这撒谎却使她的爱人并没有那样的因为曾经在战场上掷过短剑而觉得悲痛。她的母亲似乎是万分严厉的，回想她是如何的应用狡猾去欺骗她的母亲，她就尝到了一个天真的，选择的，同感的爱情的丰富的快乐。这是几次可以让他们没有遇见别人而自由谈话的菩提树下的约会；秘密的紧抱和接吻，没有越礼的一切天真的爱情的预约。她好像做梦似的重新生活在她认为过分幸福的甜蜜的日子里，她居然敢于在室中接吻这只目光炯炯的年青的脸孔，这只对她谈吐爱情的红色的嘴。她曾经爱过这位沙微尔尼，沙微尔尼表面上是穷苦的，然而她没有在这个既温柔又坚强的心灵里发现多少的宝库呢！院长突然死去了。沙微尔尼并没有承接他的职务，内战的烽火继续的燃烧。因为表哥的照应，她和她的母亲都到低诺曼地一个小城市里去避难。不久，几个亲戚的先后死亡使她变成了法兰西最富裕的女承继人的一个。小康的家道就可以使幸福飞逝。向她求婚的黑罗维尔伯爵的可怕的野蛮脸孔在她看来仿佛是一块垂盖阳光一向所照耀的地上富源的粗厚的乌云一般。可怜的伯爵夫人竭力消除她对这悲哀的幕景和长期抵抗所流的眼泪的回忆。她朦胧的看见这小城市的火灾，受到死亡的威胁而等待苦刑的加尔维尼派的沙微尔尼的入狱。她又想到她那苍白垂死的母亲跪在她脚前的一个可怕的夜晚：约安

① 黑袍子是法官所穿的制服。

能够拯救她的表哥，她让步了。夜里，伯爵一身染血自战场上回来；他使一个教士复活，无数烛火重光，一个教会苏生！约安是属于不幸的。她好不容易才能够对被释的表哥告别。

“沙微尔尼，要你爱我，就请你永远不要再看我！”

她听见她再也看不见的高贵的朋友在远处所发的脚声；但是她却在心里保留着他的最后一次的眼色，她常常在梦里重新找到这眼色，使她的梦境越加明亮。好像关闭在狮笼里的一只猫似的，年青的少女每一钟头都骇怕她的主人随时向她举来的利爪。伯爵夫人做下一个罪愆，就是在一些神圣的日子里因为某种意外的快乐而重新穿起她初次见到爱人时所穿的袍子。今天为着幸福起见，她得忘记她的过去，不再想到她的将来。

“我相信我是无罪的，”她对自己说，“但是，要是伯爵认为我有罪的话，我不是就好像真的有过罪吗？……也许我现在是有罪的！圣母不是怀了妊而没有……吗？”

她停止了。

这时候她的思想就像是烟云似的，她的灵魂就在玄幻的世界里游行，天真的禀性使她相信她的爱情拿来给她射来他的整个生命的最后的目光就是天使访问圣母时所施展的力量。这个假设在她的梦幻带她回去的天真烂漫的时代里是很自然的，但是却在一个比死亡还要可怕的夫妇生活的回忆之前消灭了。伯爵夫人不再能够怀疑在她肚子里激动的孩子是合法的。她觉得新婚第一夜是她最苦楚的一夜，接着就来了许多苦痛的夜晚和悲愁的日子。

“啊！可怜的沙微尔尼！”她带泪的喊，“你这样的体贴，这样的温存，你总是对我慈善为怀！”

她转过眼睛来瞧她的丈夫，好像还要使自己相信这副脸孔可以回报她这样高价购买的仁慈似的。伯爵醒来了。他那一双虎眼一样晶亮的黄眼睛就在眉毛下面发光，他的眼色从来也没有这时候这样的刺人。伯爵夫人的眼睛碰到这眼色，不禁惊骇了起来，就爬进了她的被头，一动也不敢动的缩在里边。

二、“接骨医生”

“您干吗哭呀？”伯爵猛力拉动覆盖他的妻子的被窝，嘴里问。

这声音在她看来总是吓人的，但是这时候她却觉得他有一种虚伪的温柔，好像是个吉祥的预兆。

“我太苦痛。”她回答说。

“那末，我的爱，苦痛难道是个罪过吗？为什么我一瞧您就发抖呢？咳！我得怎么办才能够让您爱呢？”

他额头上的一切皱纹都堆集在他的两道眉毛之间。

“我让您太骇怕，我清楚知道这个。”他叹了一口气，加上一句话说。

伯爵夫人在柔弱性格的本能劝告之下，就用几个呻吟打断了伯爵的话，嘴里喊道：

“我只怕流产！我在岩石上面跑了一个下午，我一定太累了……”

听了这些话，黑罗维尔大人就给他的妻子投去一道这样多疑的眼色，甚至于都使她红了脸，颤栗了起来。他以为他给这位天真女郎所感应的恐怖是一个悔疚的表现。

“也许这是一个真的生产的开始罢？”他问。

“那末？”她说。

“那末，无论如何，这里一定有个能干的男子，我得找他去。”

配合这几句话的阴沉的气度使伯爵夫人不寒而栗，她又叹了一口气，睡下床去，这叹息多半是她对于命运的感觉，而不是她对近期将要发生的变故的忧虑所生的结果，她更凑着给伯爵证明他心头所浮现的狐疑是如何的正确。伯爵努力保持一种和他的声调，姿势，眼色相违反的镇静，他立刻爬了起来，穿上他在一张靠椅上找到的一件袍子，先关上了壁炉附近的一扇门，人家就是经过这扇门而从华丽的卧室走进交通大扶梯的接待室的。伯爵夫人看见她的丈夫收起了这把钥匙，心里不禁感到大祸将要降临；她听见他开了他刚锁上的门的对面一扇门，走进了另外一间黑罗维尔家的伯爵们不愿意跟他们的妻子们共同住在一起时所住的卧室。伯爵夫人只从传闻里听到这间房屋的用途，妒忌把她的丈夫死钉在她的身边。如果军事行动逼着伯爵离开伟大的“龙床”的话，他也就在别宫里留下几个阿尔古斯王子①来侦察她，这可以表现他是怎么样过分的狐疑。

无论伯爵夫人如何努力去倾听一切的声息，她却什么也没有听到。伯爵走进了占据别宫西翼而接连他的卧室的一个长廊。他的叔祖黑罗维尔红衣主教有收集印刷品的癖好，曾在这里建立一个图书室，不但数量多，而且有许多善本书，他的谨慎也叫他在这四壁之间施行孤独的寺院生活所促成的一个发明。一条银链可以利用一条看不见的绳索拉响了安置在一个忠实仆人床头的铃。伯爵拉了这银链，一个骑卫也就没有迟缓让他的长靴和刺马距的声音使别宫靠海的左角上的耸高的塔楼里所有的一个螺旋形石片发出回响。伯爵听见他的仆人上来，就打开了防卫交通走廊和塔楼的秘密门户的机关和门闩，引一个全副武装的男人走进了这科学的宫殿，这个武士的风采证明他是一个配得上他的主人的仆人。骑卫刚从梦里醒来，他仿佛是本能的行走；他手里所提的角灯这样微弱的照耀着长廊，他的主人和他甚至于都好像是鬼怪出现在

① Argus 王子是寓言中的人物，据说他有一百个眼睛，经常有五十个眼睛开着。

黑影里似的。

“给我的战马立刻装上马鞍，你跟我一块儿去。”

这命令是由一道深长的声音说出来的，他唤醒了仆人的智慧；仆人举目望着他的主人，他遇到了这样刺人的一道眼色，甚至于都跟触电似的接纳了他。

“柏尔特兰，”伯爵举起右手放在骑卫的手臂上，加上一句话，“你可以脱下这副铁甲，穿上米格勒[①]头目的衣服。”

“好家伙，老爷，叫我假装一个神圣同盟的盟员！对不起，我可以听从您的命令，但是我也同样愿意让您吊死。”

伯爵的偏癖受到仆人的阿谀，他就微微的笑了；但是，为着消除这违反脸上表情的笑容起见，他就突然回答说：

“到马房去选一匹相当强壮的马，让你能够跟着我来。我们得跟刚放出枪的子弹一样快的跑。我准备好了的时候，你得到这儿来。我再给你拉铃。”

柏尔特兰沉静的点一点头，出去了；但是，当他下了几个层级，听见暴风吹打的声音时，他就对自己说：

“一切的魔鬼都在外边，好家伙！看见这个魔鬼还清新的留在家里，这一定要使我奇怪……我们从前也是在同样的暴风里去袭击圣劳的。”

伯爵在他的房子里找到他常常拿来进行计谋的衣服。他的破旧的大袖上衣有点像属于一个中古时代的穷苦的日耳曼骑兵的，当时亨利四世很少花钱去购买这些衣服。伯爵重新穿上这上衣之后，就回到他的妻子在内叹息的卧室里来。

“您无妨设法忍耐的受苦，”他对她说，“必要的话，我要狠命的鞭笞我的马，希望能够早些回家来平静您的苦痛。”

---

① Miquelets 是西班牙边境的土匪，或西班牙各省长官的卫兵。

这几句话没有泄露任何不祥的预兆，伯爵夫人于是也就壮了胆，她正想问一个问题，伯爵却突如其来的问她：

“您不能够告诉我您的面具都在那儿吗？”

“我的面具吗？”她回答说，“天老爷！您要它干什么呀？”

“您的面具都在那儿啊？”他用常用的暴躁重复说。

“在衣箱里。”

伯爵夫人看见她的丈夫在她的许多面具里选了一个丝绒狼鼻面具，不由得发起抖来；那时期贵妇们之应用这种面具就像现今女人们之应用手套一样的自然。伯爵在头上戴了一顶饰有一条折断了的旧鸡毛的老旧灰色毡帽之后，简直就整个的让人认不得了。他在腰里扎了一条宽阔的皮带，在这皮带的刀鞘里挂上一把平日所不常带的短剑。这破旧的服装使他显得这样的吓人，他又用这样奇怪的动作朝着床前走去，伯爵夫人甚至于都以为她的末日到来了。

“啊！别杀死我们！”她喊道，“给留下我的孩子罢，我会好好的爱您的。”

“所以，您自己也觉到您的罪过，想要用您所应当给我的爱情来赎罪吗？”

伯爵的嗓音在黑丝绒面具下发出一个悲愁的声调；陪着这辛酸的语句而来的就有他的一个铅块一般沉重的眼色，落在伯爵夫人身上，几乎把她压碎了。

“我的天老爷，”她苦楚的喊，“洁白无罪难道会变成一个不祥的预兆吗？”

“问题不在于要您死，”她的主人从梦幻里醒了过来，回答说，“而是在于如何为着我的爱情而正确的做出这时候我要向您要求的事情。”

他把手里所拿的两个面具之中的一个朝着床上掷去，当他看见这黑色丝绒的轻弱的颤动使他的妻子不由自主的露出恐惧的姿态时，他也就对她发出一道怜悯的微笑了。

“您只会给我生出一个瘦弱的孩子!”他喊道，“我回来的时候，您脸上得戴上这个面具，”他加上一句话说，“我不愿意一个贱民吹牛说曾经看见过黑罗维尔伯爵夫人。”

“为什么叫一个男人来办这桩事情呢?”她低声问。

“噢！噢！我的朋友，我不是这里的主人吗?”伯爵回答说。

“何必再来一个神秘呢!”伯爵夫人失望的说。

她的主人已经失踪不见了，这句叹息不会使她发生什么危险，因为压迫别人的人往往伸展他的法术到被压迫的人的恐惧所要到达的一样远的地方去。暴风暂时间歇的一个平静的时刻，伯爵夫人听见两匹马仿佛在危险的海岸沙丘和别宫耸立在上的岩石之上飞驰的蹄声。这声音又立刻被波浪的声响掩蔽了。一会儿，她发现自己被囚在这间阴沉的寓所里，孤孤单单的生活在忽而清静忽而叫嚣的夜里，没有任何的救援可以让她驱逐眼看着正在大步到来的一个不幸的遭遇。伯爵夫人寻觅一个狡狯的计策来拯救这个含泪怀妊的婴儿，这婴儿已经变成了她的整个的安慰，她的思想的原则，她的情感的前途，她的唯一的小希望。她在母爱的勇气支持之下，走去拿了丈夫用来召唤人众的喇叭，开了窗户，从铜制的乐器上吹出了大量的声音，这些声音失落在茫茫大海里，就像一个孩子向空中吹去的水泡似的。她懂得这种男人们所不认识的哀怨的无用，就开始在各寓所里踱来踱去，希望不至于一切的出路都被堵住。

来到图书室的时候，她毫无结果的寻觅着，看看是不是有什么秘密的道路；她穿过悠长的书廊，到达了最接近别宫大院的一扇窗口，重新吹起喇叭，使回音震荡，失败的对抗暴风的呼啸。她在万分气馁之中就想信托她的一个女仆，一切的女仆都是她的丈夫的耳目，当她走进她的小祈祷室时，她却发现伯爵已经把通到她们的寓所的门锁上了。这是一个可怕的发现。这样谨慎的设法隔离她，这证明人家要在没有人看见的地方来进行一种可怕的杀戮。苦痛于是就随着伯爵夫人的失望而更加剧烈的激刺她。预想到一个可能的屠杀，再加上她的疲劳，这也就夺去了她所留下的一切力量了。她就好像一个克服过一切波浪的袭击而被最后一个比较软弱的波浪所卷去的失落水中的人。生育之令人晕绝的苦楚不允许她再去计算时刻。正当她一个人孤单的，没有救援的相信即要临盆的时候，正当她既恐惧被杀又骇怕缺乏经验所要给她带来的危险时，伯爵忽然回来了，虽然她并没有听到他的脚步声。这个人好像契约到期的时候一个向已经出卖给他的灵魂追索欠债的魔鬼一样似的站在那里；他看见他的妻子脸上没有戴面具，就低声的责骂；但是相当巧妙的给她戴上了面具之后，他就把她抱在怀里，放在他的房里的床上。

这突然的出现和这劫持的举动所给伯爵夫人感应的恐惧使她的苦楚停止了一些时候，她居然能够偷偷的瞧了这神秘幕景的演员们一眼，她认不得柏尔特兰，因为他和他的主人一样谨慎的戴上面具。匆忙的点了几支蜡烛，让烛火的光芒渗杂在染红玻璃窗的晨曦里之后，这位仆人就走去靠在一个窗口的角落上。他在那里把脸孔朝着墙上，好像要测量墙壁有多厚似的，他一动也不动的呆立着，您甚至于都会说他是一个骑士的塑像。伯爵夫人看见房子中央有个惊慌失措的又胖又矮的男人，他的眼睛被一块布掩住，他的脸孔因为恐惧而变色，大家很难揣测他的平常的表情。

“他妈的！糊涂先生，”伯爵突然把他在这位陌生人眼睛上面所蒙的一块包头带脱了下来，使他看得见，嘴里这样的说，“除了你要在上面施展你的科学的这个可怜的女人之外，你可千万别瞧别的东西；不然的话，我就要给你套上一个一百斤重的金刚钻项链，再把你扔进在这窗户下面流动的水里!”

说毕，他就轻轻从愣住的陌生人胸口拉走了那条作为包头带用的领带。

“请你先检查看这是不是流产：要是流产让孩子死了的话，你的命就得给我保证偿他的命；但是，如果孩子是活的话，你就可以把他带来交给我。”

这一段演讲之后，伯爵就搂住了可怜的外科医生的腰，好像鸟毛似的从他所在的地方把他举了起来，放在伯爵夫人面前。这位大人于是就走来站在十字窗口，在那里用手指敲着玻璃，打出战鼓的乐调，轮流的瞧着他的仆人，床和大海，仿佛要答应他所等待的婴儿拿大海来做他的摇篮似的。

伯爵和柏尔特兰刚把他从酣睡里猛力叫醒，再把他推上马背，让他以为有鬼差在后面追赶的这个人，他的姿态可以拿来解释这时代的姿态，他的影响可以在黑罗维尔家里表现出来。

任何时代的贵族都没有这时代的贵族这样的缺乏自然科学的知识，任何时代的占卜都没有这时代的占卜这样的受人敬重，因为任何时代的人都没有这时代的人这样的急于认识将来。这一般的无知和一般的好奇使人类的知识呈出最大的混乱；一切都是个人的实践，因为这时代还缺乏理论的语汇；印刷费非常的高昂，科学知道的交通还不甚快速；教会还迫害分析自然现象的科学研究。迫害的结果就产生了神秘主义。所以，无论是小民也好，是权贵也好，他们都认为物理学家和化学家，数学家和天文学家，占卜家和扶乩家是一个医生身上所有的六个属性。这时代，人家都疑惑上等医生的功夫是在于培养巫术；除了治疗病人以外，医生还得会算命。王公大臣们都保护这些可以给他们揭示将来命运的神仙，请他们在家里居住，供给他们膳宿。要到法兰西来当亨利二世的御医的著名的阿格里巴·高尔乃尔因为不愿意跟诺斯特拉达穆士似的预卜将来，就被梅迪西斯·迦泰琳辞退了，叫鲁基埃利·高斯姆去代替他。所以这时候的高等人才，努力科学工作的学者都不容易得到人们的欣赏；一切的一切都感应着人们对于占卜科学和它的结果的恐惧。

伯爵所劫持的这个人并不是这些著名的数学家之中的一个，他在诺曼地享有一种属于一个负责各种暧昧工作的医生的名声。这个人是法兰西许多地方的农民还管叫做“接骨医生”的一种术士。这名称是拿来称呼一些没有显著的研究而用祖传的法术和家庭的长期施医经验来给人家接骨，给人家接上折断的腿和手臂，给牲畜和人众疗治某些病症，得有所谓能够疗治危症的某种奥妙的秘诀的人的。这位接骨医生的姓名是保芜罗瓦·安多恩，他的祖父和父亲是两个著名的接骨医生，给他传下了重要的医术，而他自己对于医学也有相当的研究；他献身给自然科学的探讨。乡下人看见他的诊病室里堆满着书籍和奇怪的东西，使他的成功染有一种巫术的色彩。保芜罗瓦·安多恩事实上并没有完全让人看成一个术士，然而周围三十法里的民众却对他有个近似恐惧的尊敬；在他看来最危险的一桩事，就是他都清楚这地区的贵族家里的红白事的秘密。正如他的祖父和他的父亲似的，他也因为在接生和对付流产方面有特别的专长而名声四播。在这混乱的时代里，流产是常有的事情，一般人对于流产的批评也很苛刻，所以高等的贵族都不得不常让保芜罗瓦·安多恩医生来探知许多可耻可怕的秘密。因为要保护生命的安全，他也不得不万分的谨慎；所以他的主顾都非常客气的报酬他，使他的世袭财产大量的增高。他总是到处的奔波，有的时候就像刚才被伯爵惊醒似的让人叫了去，有的时候不得不在什么贵妇家里过几天，他一直还没有结婚；何况他的名望也阻止了许多女人嫁给他呢。可怜的接骨医生不能够在给他权力去统制女性的弱点的职业的偶然遭遇里寻觅他的安慰，他觉得自己是为别人家庭的快乐而生在人世，然而却不能够给自己这些快乐。这位好好先生在假装愉悦的外表下隐藏着一个超卓的心田，和他的丰满的双颊，圆润的形状，矮胖活泼的身躯，率真的语言相调和。所以他就愿望能够结婚生个女儿，可以把他的财富传给一个穷苦的绅士。因为他不喜欢他当接骨医生的地位，他要他的家庭离开当时的偏见让他居留的情况。他的性格而且能够适合他的主要手术所给出赏赐的快乐和宴会。到处当要人的习惯也给他的快乐加上大量的虚荣成分。在他喜欢慢慢施行手术的危急时，他的无礼轻薄的举动往往都是人家所欢迎的。他就跟黄莺一样的好奇，追逐野兔的猎狗一样的贪吃，没有漏泄任何秘密的外交家一样的健谈。除了他的冒险的职业给他养成的这些缺点之外，保芜罗瓦・安多恩总算是诺曼地最不坏的人了。虽然他是那时候小数才子之中的一个，诺曼地乡下人的聪明却劝告他去隐藏他所获得的观念和他所发现的真理。

这位接骨医生发现自己被伯爵安置在一个临盆苦楚的女人面前，就恢复了他所有的精神。他开始诊察这位戴有面具的女人的脉搏，一点儿也没有想到她；但是在这医生姿态的帮助之下，他居然能够细细想到他自己的地位。任何一次被迫去当盲目的工具时他所遇到的罪恶的阴谋都没有这一次这样的布置周密。虽然他的生命常常被人家拿来保证他所受迫参预的事业的成功，他却从来没有过这时候这样的危险。总之，他决定先认识雇用他的这些人，再这样的研究他的危险的程度，因而能够解救他的亲爱的女病人。

“到底怎么回事呀?”接骨医生一边低声问，一边安置伯爵夫人，让她来接纳他的经验所要给她的援助。

“别把婴儿交给他。”

“大声说!”伯爵用响亮的声音说，使保芜罗瓦医生都听不见他的牺牲品所说的最后一个语词。“不然的话，”小心装腔的伯爵加上一句话说，“就请你念你的‘我把我的灵魂交给你，父啊！’”

“您大声叫苦好了，”接骨医生对贵妇说，“您喊罢，该死！这个人有许多宝石，这对您也不会比对我更有利！勇敢点儿，我的太太……”

“手轻点儿！”伯爵又喊道。

“先生有妒忌心。”施行手术的医生用尖锐的小声音说，幸而这声音让伯爵夫人的喊叫遮住了。

天意为着保芜罗瓦医生的安全而显得十分的仁慈。这其实更像是流产而不是正常的生育，因为出世的婴儿是很细小的；所以，母亲的苦楚也并不太厉害。

“这是由圣母肚子里生出来的，”好奇的接骨医生喊道，“这并不是流产！”

伯爵疯也似的顿足，都使楼板震动了。伯爵夫人擒住了保芜罗瓦医生。

“啊！我懂得了，”他心里说，“——必得说是流产吗？”他低声问伯爵夫人，夫人用一个肯定的姿势回答他，好像这姿势是她能够表达思想的唯一的语言似的。“——这一切都还不大清楚，”接骨医生心里想。

正如一切精于所事的专门家一样，接生的医生不难认识一位第一次受苦的女人，依据她的说法来说。虽然某些没有经验的纯洁姿势给他指明伯爵夫人的贞洁，狡狯的接骨医生却喊道：

“太太好像只生过一次孩子似的！”

伯爵于是就用比他的愤怒还要可怕的镇静说：

“给我孩子。”

“别给他，我用上帝的名义请求您！”母亲说。她那几乎可以说是野蛮的喊叫在这矮个子的心田里唤起了一种勇敢的慈悲之心，使他比他自己所相信的还要关怀这位被父亲所否认的婴儿。

“孩子还没有出来呢，然而你们却已经打起架来了。”他把小产的婴儿藏了起来，冷冷的回答伯爵说。

接骨医生听不见婴儿的啼哭，他心里颇为惊奇，他瞧了婴儿一眼，以为已经死去了；伯爵看出了人家骗他，就一跃朝着他跳去。

“好家伙！你给我这个孩子吗？”贵族一边喊，一边从他手里夺去了纯洁无罪的牺牲品，婴儿发出几声柔弱的啼叫。

“小心点儿！他是不健全的，而且是不结实的，”保芜罗瓦医生挽住伯爵的手臂，对他说，“这无疑的是七个月出世的孩子！”

说毕，他就用一种狂热的力量握住了这位父亲的手指，用间断的声音朝着他的耳朵说：

“别犯一次罪了，他活不了啦……”

“坏蛋！”伯爵立刻激奋的答辩，接骨医生从他手里抢去了婴儿，“谁告诉你我要我的儿子死去呢？你没有看见我抚摸他吗？”

“等他十八岁的时候再这样的抚摸他好了，”保芜罗瓦又重新找到他的重要性，他就这样回答说。“但是，”他想到自己的安全，又加上一句话，因为他刚认识了忘记假装声调的黑罗维尔大人，“请您立刻给他施行洗礼，不要跟他母亲说到我的断语；不然的话，您就要杀死她了。”

人家预言早产婴儿即将夭逝时伯爵的姿势所泄漏的秘密的快乐使接骨医生想到了这一句话，救了这个婴儿的命。保芜罗瓦赶忙把婴儿抱到晕绝的母亲身边来，他用一个讥笑的姿势指着她，拿夫妇的辩论使她陷进了状态来恫吓伯爵。伯爵夫人听见一切，因为我们不少看见在生活危急的时候人类的器官是怎么样的精细；不过，放在床上的婴儿的啼哭就像巫术似的使她恢复了生命；接骨医生趁着婴儿的呱呱啼叫倾过头来朝着她的耳朵低声对她说：

“好好的养育他，他可以活上一百岁。保芜罗瓦清楚知道。”

听这一段话的时候，她几乎都相信是两位天使的声音。

接骨医生所得到的报酬就是一声发自上天一般的叹息和一个秘密的握手；没有把这脆弱的生命交给焦急的母亲去抱吻之前，他先设法检查到底父亲的抚摸是不是伤害了细嫩的身体，因为伯爵的指痕还留在婴儿的皮肤上。母亲拿来隐藏她的孩子在她身边的疯狂的动作，她从面具的两个孔洞里对伯爵投去的刺人的目光都使保芜罗瓦发抖。

“要是她太快丢掉她的孩子的话，她就活不了。”他对伯爵说。

在这一幕景的最后场面里，黑罗维尔大人好像什么也没有看见，什么也没有听见。他仿佛整个的集中在一个深长的默思里，一动也不动的，开始又用他的手指敲着玻璃窗，使他生出打鼓的声调；但是，接骨医生对他说了这最后一句话之后，他就用疯狂凶猛的动作，朝着医生转过身来，拔出了他的短剑。

“贱骨子！”他拿保王党辱骂神圣同盟盟员的浑号来称呼接骨医生，嘴里喊道，“无耻的光棍！……使你荣幸能够帮助那些忙于打开或关上承继之门的绅士们共同阴谋的科学，这科学好容易才阻止我来给诺曼地永远除灭他的术士！”

保芜罗瓦非常快乐的看见伯爵猛力把剑插回皮鞘。

“你不是能够，”黑罗维尔大人继续说，“在你一生里有一次荣幸跟一个王公和他的夫人在一起，而没有疑虑到他们有你让流氓进行的恶意的计算，而没有想到流氓不能够像绅士们似的可以因为某些令人赞美的动机来进行这些计算吗？在这种机缘之下，我是不是可以有最高的理由来依照你所想象的情形行动呢？杀死我的儿子！从他母亲手里抢出孩子！你从那儿来的这些妄想呢？我难道是发疯了吗？你这下流的小民，你得明白我并不瞧得起你这无聊的骄傲。要是你知道你所接生的这个贵妇姓甚名谁的话，你

一定会吹牛说你曾经看见过她！好家伙！你也许会因为过分的谨慎而杀死这个母亲或是这个儿子。但是，你得细细想一想，你得拿你的可怜的贱命来保证你的机密和他们的健康。”

接骨医生看到伯爵突然改变意向，不禁怔住了。伯爵对于婴儿的这种急然怜爱比伯爵最初表现的烦躁的残暴和忧郁的漠不关心还要使人惊惶。伯爵说最后一句话时所有的声调泄露他有一个更聪明的阴谋来求得一种坚定不拔的计划的完成。保芜罗瓦医生拿他对父母两人所说的双重的许诺来对自己解释意外的结局。

“我懂得了！”他对自己说，“这位善良的贵族不愿意让他的妻子恨他，而要依靠药师的救援。所以，我得设法通知夫人，叫她细心看顾他的小孩儿。”

正当他朝着床前走去的时候，走近一只衣橱的伯爵就用一个命令式的惊叹止住了他。看了贵族给他递来一个钱包的姿态，保芜罗瓦也只好向前接了在红绸包里发亮而由伯爵傲慢掷来的金子，心里不是没有感到一种不安的快乐。

“要是你使我跟一个贱民一样的思想的话，我却不相信我可以不必用贵族的身份来报酬你。我并不请求你替我守秘密！这个人，”伯爵指着柏尔特兰说，“他可以给你解说任何碰到榛树林和河水的地方，我的金刚钻和我的项链都懂得寻找谈论我的贱骨头。”

说完这些仁慈的话语之后，这位巨人就慢慢的朝着缄口无言的接骨医生走去，乒乒乓乓的给他搬过一张椅子，好像请他跟自己一样坐在产妇旁边似的。

“好啦，我的爱，咱们毕竟有了儿子啦，”他接着说，“这的确是咱们的一桩喜事儿……您很痛吗？”

“不怎么痛。”伯爵夫人呻吟说。

母亲的惊愕和她的失措，父亲的虚伪的快乐的迟缓的表现，这些都使保芜罗瓦医生相信有一个严重的事故是他的平常的揣测所想不到的；他继续不断的疑惑，就拿自己的手靠在少妇的手上，不是来诊察她的健康，而是来给她提示一些意见。

“她的皮肤很好，”他说，“用不着怕，太太绝不会发生什么危险。她一定会因为奶水来而发烧，但是您不必恐慌，这算不得什么。”

说到这里，狡猾的接骨医生就停止了，他拉紧了伯爵夫人的手，意思是叫她注意听他的话。

“要是您不愿意替您的孩子忧虑的话，夫人，”他接着说，“您就不应当离开他。让他长时期吃他的嘴唇已经在寻觅的奶水；您得亲身给他喂奶，千万小心药师所给他吃的药。奶水是治疗婴儿的一切疾病的良药。我观察过不少怀妊七个月的生育，但是我可很少看见过像您这样没有什么苦楚的生产。这也不奇怪，孩子太瘦了！他都可以装在一只木屐里！我相信他也要不上十五两。给他奶吃！给他奶吃！要是他总在您怀里的话，您就可以救他的命。”

陪着这最后几句话的又有他的手指的重新的动作。无论伯爵的眼睛如何从面具的孔洞里射出两道光芒，保芜罗瓦都用一个要赚钱的人的沉着严肃的态度说完了他的一段话。

“噢！噢！接骨医生，你忘记了你的黑毡帽！”跟医生一块儿走出这间房子的时候，柏尔特兰对他说。

三、父　爱

伯爵对他的儿子改变仁慈态度的动机是来自法律公证人的一个“等因奉此”。正当保芜罗瓦拦住他的手时，诺曼地人的吝啬和诺曼地的风俗就出现在他的眼前。这两个力量用一个记号使他的手指麻木，使他的仇恨销声匿迹。一个对他喊道：“你妻子的财产只能够在你家里生有一个男子的时候属于黑罗维尔家！”另外一个给他指着濒死的伯爵夫人和圣萨凡旁房后裔所索求的财产。这两个力量都劝告他让这早生的婴儿自生自灭，等待第二个强顽男儿的出世再来戏弄他的妻子和这个长男。他已经看不见孩子了，他只看到地产，而他的宽仁也突然变得跟他的野心一样的强烈。因为他要适应风俗，他就希望这个胎死一般的婴儿表面上有个健康的体格。婴儿的母亲更清楚伯爵的性格，她比接骨医生更为惊异，她不禁生出本能的恐惧，有时也大胆的表现她的惊惶，因为顷刻之间，母亲的勇气已经使她的力量加倍了。

几天以来，伯爵都非常殷勤的留在他的妻子身边，给她特别的照应，利欲之心使他的照应带有一种柔情。伯爵夫人立刻猜出她是这些关怀的唯一的对象。父亲对于儿子的仇恨都可以在任何微末的细节里表现出来；他总不看他，也不动他；当他听见婴儿的啼哭的时候，他就突然离开座位，走去颁布一些命令；总之，他好像只因为希望看见婴儿的死亡而宽恕婴儿的生存。这种矫情已经使伯爵付了太多的代价。伯爵看出母亲的慧眼虽然并不了解而却预先觉到威胁孩子的危险的日子，他就宣告要在产后一礼拜的第二天动身出门，说是要领导他的一切力量去救援国王。

这就是黑罗维尔·埃田出生前后的情形。为着不断希望这位他所不承认的儿子的死亡起见，伯爵不会有正当的理由使他已经喜欢他，他甚至于会使一个男人觉得要迫害他所已经残害过的人物时所有的悲恻的性情缄默，他也不会觉得对他所认为是沙微尔尼的儿子的可恶的早生婴儿勉强假装爱惜的必要，可怜的埃田也不会不成为他的厌恶的对象。弱质多病的体格也许倒因为他的抚爱而更加不幸，这种不幸在他看来简直是一个违反他当父亲的人自尊心的攻击。如果他咒诅美男子的话，他也并不不讨厌那些拿智慧的力量去代替身体的力量的虚弱的人。只有脸孔丑陋，体格高大，粗暴，无知的人才可以博得他的欢心。埃田的虚弱只能够叫他从事于国家的科学工作，所以他得在他父亲身上找到一个毫不留情的敌人。自从出世的日子起，他就开始跟这巨人争斗；他也只有他的母亲的心来支持他去抵抗这危险的对手，母亲对他的爱护顺着动人的自然律，随着威胁他的一切危险而增强。

圣萨凡·约安忽然因为伯爵的突然出门而埋沉在深长的孤单生活里，她得对她的儿子装出唯一可以安慰他的生活的虚假的幸福。这个儿子的出生因为沙微尔尼的缘故而为她受到谴责，伯爵夫人也就跟一般女人爱护私生子似的爱他；她不得不亲身养育他，然而她却并不为此而觉到疲倦。他不愿意他的女仆们用任何的方式来帮助她，她给她的儿子穿衣服，脱衣服，每一次去适应他所要求的照应时都觉得有个新的快乐。这不停的工作，这随时的看顾，夜里起来给儿子喂奶的准时，这一切的一切都是无边的快慰。当她适应这小生命的必要时，幸福的光辉就在她的脸上照耀。因为埃田没有到期就出了世，许多衣服都还没有预备好，她就愿意亲手来做，而且是用那一种完美的工作来做这些衣服呢？你们知道这个，你们这些曾经在黑暗岑寂里为可爱的婴儿工作过的被人狐疑的母亲们！每挑一针都是一个回忆，一个欲望，无数的祝愿，成千绣在布料上面的东西，好像她在那里刺上美丽的花纹似的。这一切的疯狂都报告给黑罗维尔伯爵，增大了业已形成的风波。时日都不足以让她去从事这许多的工作和抚养婴儿的细心的看护，都带着她的秘密的快乐而流逝了。

接骨医生的意见随时都写在伯爵夫人的面前；所以她都为她的儿子而骇怕女仆们的效劳和男仆们的插手；她真希望能够不必睡觉，因而能够担保当她睡眠的时候任何人都没有走近埃田；她都把他放在身边躺着。总之，她不敢信托这个摇篮。伯爵出门的时候，她居然胆敢呼召这个外科医生来，她记得清楚这位医生的姓名。在她看来，保芜罗瓦是她应当大大感恩的一个人；但是她却愿意问他成千关于儿子的问题。人家是不是要毒死埃田呢？她能够怎么样的打破人家的企图呢？她得怎么样的注意他的脆弱的健康呢？是不是得长期给她喂奶呢？要是她死了的话，保芜罗瓦是不是可以负责来看顾这位可怜的孩子的健康呢？

对于伯爵夫人的问题，深受感动的保芜罗瓦就回答说他也跟她一样只怕人家要毒死埃田；但是关于这一点，伯爵夫人并没有任何的恐惧，因为她用自己的奶去喂她；至于将来呢，他就给她建议随时去尝一尝埃田的食品。

“要是夫人舌头上觉到有什么奇怪的味道，无论是辣也好，是苦也好，是酸也好，是咸也好，”接骨医生加上一句说，“总之，一切奇怪的味道，都得把吃的东西扔掉。您得让人家在您眼前洗小孩儿的衣服，带好放衣服的衣箱的钥匙。总之，无论发生了什么事情，都得问我，我就来。”

接骨医生的警诫深深的铭刻在约安心里，她请求他相信她，正如相信他能够使唤的人一样；保芜罗瓦就告诉她她的整个幸福都操在她自己手中。

他给伯爵夫人简略的叙述伯爵怎么样的不能够在宫里找到喜欢他的美丽高贵的女朋友而在年青的时候曾经爱过一个绰号叫做“罗马美人”的娼妓，这妓女最初是属于罗兰红衣主教的。罗马美人被主教抛弃之后，就到卢昂来坚请伯爵照应她的一个女孩子，伯爵一点儿也不愿意听见人家讲到这个女儿，他因为这女孩子长得美，而不承认她是他的女儿，这位娼妓穷困而死了之后，比他母亲还美丽的可怜的孩子，热尔特绿蒂，就被克拉里斯女修道院的修女们收留去抚养，伯爵夫人的姑母圣萨凡小姐就是这女修道院的院长。他曾经被人家邀请去看顾热尔特绿蒂，他甚至于都昏头昏脑的溺爱她。“要是伯爵夫人愿意给他介绍这桩事情的话，”保芜罗瓦加上一句话，“她不但可以还清了她自以为欠他的债务，而且可以让他以为他是她的债务人。叫他到别宫里来，这在伯爵眼里是很危险的事，我们也可以藉此找个借口；然后，伯爵迟早也会对这位这样美丽的孩子发生兴趣，也许有一天他竟会间接的保护她，叫他当她的医生。”

伯爵夫人是个怜恤真正爱情的女人，她答应为可怜的医生的爱情而效劳。她这样热心的进行这桩事情，甚至于在她第二次分娩的时候她都给热尔特绿蒂弄到了一笔嫁资，因为这时代的女人可以在分娩的期间向丈夫要求一个恩典。这时候，美丽的私生女不当女修士，而嫁给了保芜罗瓦。这一笔嫁资凑上了接骨医生的积蓄使他能够购置福尔迦里埃，这是当时承继人们所售卖的一块黑罗维尔别宫附近的土地。

伯爵夫人这样的受到了善良的接骨医生的安慰，她觉得她的生命永远充满着别的母亲所不认识的快乐。当然啰，一切的女人把她们的孩子抱在怀里，看着他们在那里停止了他们的啼哭，他们的苦痛的开端时都是美丽的；但是我们也不容易看到像伯爵夫人觉得埃田使劲吃奶，让她的血液变成了这受人迫害的可怜虫的生命时所呈现的这样动人的景象，甚至于在意大利的绘画里也看不到。她的脸孔发出母爱的光辉，她瞧着这亲爱的小宝贝，只怕看见他脸上有一条沙微尔尼的脸纹，因为她太想念沙微尔尼。在她脸上难有快乐表情的思想，她拿来包庇她的儿子的目光，她要给他灌输心里感到的力量的欲望，她的慈祥的姿势，这一切的一切都形成了一张图像，使她身边的女仆们敬服；伯爵夫人克服了侦探。

不久，两个柔弱的造化就因为同一的思想而结合在一起，而在没有语言给他们交通思想之前互相的彼此了解了。埃田开始用儿童所有的迟笨的贪婪去运用他的眼睛的时候，他的目光就碰到了这华贵的卧室的阴黑的壁饰。当他的幼嫩的耳朵开始听闻声音而去分别声调的不同时，他就听到了钟摆一样规则化而冲来粉碎在岩石之上的海水的单调的波声。所以，地点，声音，事物和一切打击他的感觉的东西都养成了他的悟性和性格，使他的癖性倾向于悲哀。他的母亲是不是得在这悲哀的云雾里活着和死去呢？自从出世之后，他就能够相信伯爵夫人是唯一生存在这世上的人，看这世界是个荒凉的沙漠，惯于向内收缩使我们孤独生活的情绪，在我们自己身上去寻觅幸福，去发展思想的源泉。伯爵夫人不是受罪去单独的生活，在跟她的爱情同样受到迫害的儿子身上去寻找一切吗？正如一切受苦的儿童似的，埃田几乎也保持一种被动的态度，好像他母亲那样的温和。他的器官极端的脆弱，一阵突如其来的声音或是一个吵闹的同伴都可以使他发烧。您也许会说他是上帝特别为他柔和风势，减弱阳光的小小的昆虫；他就跟这些昆虫一样的不能够打破任何的障碍，一样的退缩，对于一切侵略者既不抵抗，也不埋怨。这种天使一般的耐性就给伯爵夫人感应一种深刻的情绪，使她消除了细心看顾这个如此脆弱的健康的一切疲劳。

她感谢上帝，因为上帝把埃田跟一群女人似的安置在一个平和清静的环境里，这是他能够在内幸福生长的唯一的环境。母亲那一双在他看来既软和又强壮的手常常把他提到峨特式的窗户的高处。他那一双跟他母亲一样清蓝的眸子就在那里似乎要研究洋海的雄伟。两个人都应用了整个的时间去欣赏无边的忽而阴沉忽而明亮，忽而岑寂忽而怒哮的宽阔的水帘。这深长的默思在埃田方面简直是个理解悲哀的秘密。他的母亲的眼睛几乎总是受到眼泪的潮湿，而在这灵魂的苦楚的梦幻里，埃田的细嫩的脸纹总像是垂挂重量的轻网。不久，他的早熟的智慧就给他揭发他的眼睛对于伯爵夫人所施的权力；他用母亲拿来平静他的苦楚的同样的抚爱来排遣她。他的顽皮的小手，他的呀呀的语音，他的贤慧的笑声从来没有缺乏去消散他的母亲的梦幻。疲倦了的时候，他的精细的本能也阻止他去抱怨。

“乖孩子，”伯爵夫人看见他刚给她用一个嬉戏驱走了她的一个苦楚的回忆之后疲惫的昏睡着，就这样的说，“你将来能够在那儿生活呢？你的脆弱的灵魂将来一定会受到一个过分严厉的眼色的伤刺，谁会永远了解你呢？你就像你的母亲一样，你也要认为一个温和的微笑要比一切地上的财宝都更贵重吗？你是你的母亲所爱的天使，世界上的人谁要爱你呢？谁能够猜想得出你在脆弱的躯壳里所藏的珍宝呢？一个人也没有。你要跟我一样一个人单独的留在世上。上帝要防止你去学我一样的心里生出了一个上帝所鼓励而为人类所践踏的爱情！”

她叹了一口气，落下清泪。睡在她膝上的儿子的姿容使她发出悲哀的微笑；她长期的瞧着他，心头尝到一种快乐的滋味，这种快乐是母亲们和上帝之间的一个秘密。看到了她那配合琵琶乐调的声音如何使她的儿子喜悦，她就给他歌唱这时代最为流行的小曲，她仿佛看见他那玷污乳汁的小嘴唇挂有一个当年她离开三弦琴时沙微尔尼·乔治给她致谢的微笑。她责骂自己不该回忆往事，但是她却不断的回想过去的生活。孩子刚刚好微笑的欢迎沙微尔尼所喜爱的乐调，他简直就是这些梦幻的同犯。

一岁半的时候，埃田的虚弱还不能够允许伯爵夫人带他到户外去散步；但是好像被风吹落在上的苍白的野蔷薇花蒂一样的浮现在死白的皮肤之间的微弱的色泽却已经证明了他的活泼的生命和他的健康的身体。正在她开始相信接骨医生的预言而自喜能够在伯爵离家之时用一切的照应来保护儿子的时候，丈夫的书记就给她写了许多信，宣告丈夫即将回家。一天早晨，正当她发疯也似的从事于一切母亲看见儿女第一次走路时所有的快乐，而跟埃田一起举行跟回忆的蛊惑一样难于形容的嬉戏的时候，她突然听见一只沉重的脚步所践踏的地板的响声。她刚不觉惊愕的站了起来，她就发现丈夫在她面前。她叫了一声；但是她却立刻想方法来消除这无意的错过，朝着丈夫向前走去，贴伏的给他伸过她的额头，让他接吻。

“为什么不预先通知我您回来呢?”她说。

“您的接待未免太客气了，”伯爵插嘴说，“但是这可不大诚恳。”

他问到孩子；重新看到孩子的健康状态，他首先发出一个愤怒的惊异的姿势，但是他又忍住了他的怒气，微微的笑了一笑。

“我给您带来好消息，”他接着说，“我得到了香槟省的统治权，国王还答应封我做公爵和法兰西的世卿。同时，我们还承继了一位亲戚的产业；这位值得咒诅的沙微尔尼已经死了。”

伯爵夫人脸色发青的坐下靠椅。她猜出了丈夫脸上所浮现的可怕的快乐的原因，这快乐好像又因为看了埃田而增加。

“先生，”她用受到感动的声音说，“您知道我爱我的表哥沙微尔尼爱了好久……您得对上帝负责您使我生起的苦痛。”

听了这些话，伯爵的眼睛就发出光芒；他的嘴唇颤抖了，而不知道说什么好，因为他受到愤怒的激动；他猛力把他的短剑向桌上一扔，这把剑甚至于都跟打雷似的响了起来。

“听我说，”他大声喊叫，“而且请您记住我的话；我再也不愿意听见或是看见您抱在怀里的小怪物，因为他是您的儿子，不是我的儿子；他有一条像我的脸纹吗？他妈的，您就好好的把他藏起来罢，要不然……”

“公平的上帝，”伯爵夫人叫了起来，“请您保护我们罢！”

“别说话！”巨人回答说，“要是您不愿意我伤害他的话，您得想法子让我永远碰不着他。”

“那末，”伯爵夫人觉得有勇气来抵抗她的暴君，她就接着说，“请您给我发誓不要谋害他，如果您再也碰不着他的话。我可以相信您这绅士的话吗？”

“这是什么意思呀？”伯爵接着说。

“唉，请你杀死我们两个人罢！”她一边喊，一边跪了下来，紧紧的抱住她的儿子。

“请您起来，夫人！我用绅士的资格给您保证我绝不谋害这个值得咒诅的孩子的生命，只要他住在别宫上头靠海的岩石上面；我给他渔夫的房子让他住，给他沙滩当做他的领土；但是，要我发现他离开这界限的话，他就要得到灾害！”

伯爵夫人辛酸的哭了起来。

“请您瞧他罢，”她说，“这确是您的儿子。”

“夫人!”

听了这句话，受惊的母亲就带走了她的儿子，儿童的心脏就跟在巢里受到牧童惊吓的秀眼鸟似的跳悸。也许是因为洁白无罪有一种铁石心肠的男人所不能够逃避的蛊惑，也许是因为伯爵责难自己的凶恶，只怕使他的享乐和计划所不可缺少的女人过分的失望，当他的妻子回来的时候，他的声音就尽量的变成温和的。

“约安，我的爱，”他对她说，“不要怨恨我，请您给我您的手。我真不知道应该怎么样的对付你们这些女人。我给您带来新的光荣，新的财富，好家伙！您却跟接待一个贱民土匪似的接待我！我得办理新的政务，我得出门相当长的时期，一直等到我拿它来交换诺曼地的职权时为止；我的爱，至少在我住在这里的时候给我装出一副好看的脸孔。”

伯爵夫人懂得这些话的意义。虚伪的柔情再也不能够欺骗她。

“我知道我的责任。”她用悲怨的声调回答说，然而她的丈夫却把他看做温和的声音。

这位懦怯的女人太纯洁，太伟大了，她不会跟一些狡狯的女人似的想方法去统治伯爵，去计算她的行为，因为这是美丽的灵魂总觉得卑鄙的一种举动。她静悄悄的走了，要带埃田去散步，来安慰她的悲哀。

“他妈的！所以我永远也得不到人家的爱!”伯爵惊异的发现妻子走出的时候眼睛里所涌出的一颗泪珠，就这样的喊道。

因为不断的受到威胁，母亲的情绪就在伯爵夫人身里变成了一种女人们犯罪时所有的同样剧烈的情感。她用一种邪术居然能够使他了解不断威胁他的危险，叫他骇怕父亲的接近，这种邪术的秘密是埋藏在一切女人的心里的，而且在伯爵夫人和她的儿子之间也特别的有力。埃田亲眼看到的可怕的幕景深深的铭刻在他的记忆里，甚至于都在他身里变成了一种病。结果当他那已经养成恐惧的缺憾的器官给他宣告父亲在远处的脚声，使他的一个微笑（这微笑的看不见的记号往往在一个母亲眼里是晶亮的）光耀他的脸孔的时候，他就十分确切的预先感到父亲的来临，于是，他也就皱起了他的脸纹，而母亲的耳朵也不会比儿子的本能更有警觉。这种因为恐怖而产生的机能随着年龄一样的滋长，结果，埃田就像美洲的野人似的能够辨别他的父亲的脚声，可以在悠远的地方听出父亲的声音，预言父亲的到来。伯爵夫人看到丈夫给她感应的恐惧这么快就由她的儿子来给她分担，也就越加觉得儿子的宝贵了。母子俩天衣无缝似的联结在一起，有如并蒂的莲花，他们在同一的暴风之下鞠躬，在同一的希望之前起立。他们简直只有一条生命。

伯爵出门的时候，约安已经怀了第二个孩子。这一次她却依照一般偏见所要求的时间生育了，她在万分苦楚之下给人世生出了一个胖男孩，这孩子几个月之后，就生得跟他的父亲一模一样，使伯爵对于长男的仇恨也日益增长。为着救援她所钟爱的孩子起见，伯爵夫人只好赞同她的丈夫为次子的幸福和财富而形成的一切计划。人家答应要让埃田将来当红衣主教，所以他得当牧师而把黑罗维尔家的财产和衔头留给马克西米连。牺牲了这样的代价，可怜的母亲才能够保证这受人咒诅的儿子的安闲。

任何的兄弟也没有埃田和马克西米连两个兄弟这样的不相同。弟弟一生出来就喜欢吵闹，猛烈的运动和打仗。所以伯爵钟爱他就跟他的妻子钟爱埃田一样的程度。他们好像签订过默许的自然的契约似的，每一个人都对他所偏爱的孩子负责。这时候亨利四世因为酬谢黑罗维尔大人的功劳，封他为公爵。人家说公爵不愿意使他的妻子疲惫，就请了保芜罗瓦所选择的一个拜欧女人来当马克西米连的乳母。他不相信母亲的心情和她的乳汁，决定要依据自己的趣味来培养他的孩子，这倒使圣萨凡·约安非常的快乐。

他叫马克西米连厌腻书籍和文学；他教导马克西米连关于机械的学识和兵法，孩子年幼的时候，他就教他骑马，放枪，击剑。孩子大了的时候，他就教他打猎，使他学习野蛮的语言，粗鲁的行为，练成强健的身躯，雄伟的目光，洪亮的声音，使儿子在他眼里显得是个完人。年青的绅士在十二岁的时候就变成一个粗人，至少像他的父亲一样的令一切的人恐惧，他得到特许可以虐待周围的一切的人，而且也就这样的实行了。

埃田住在大西洋旁岸一间房屋里，这房子是父亲赐给他的，他的母亲给他布置得可以让他在这里找到一些他有权利受用的享受。伯爵夫人的多半时间都消磨在这里。母子俩一同攀爬岩石和沙堆；她给埃田指示这块充满沙粒，介壳，海苔和石子的小领土的界限。看见他离开这土地时她心里所感到的深长的恐怖使他懂得死神就在这界外等待他。埃田先为他的母亲颤栗，再为自己发抖。不久之后，连黑罗维尔公爵的名字都可以使他失去一切能力而起了忧惧，使他好像一个跪在老虎面前的少女似的恐怖。如果他远远的看见这个狠恶的巨人或听见他的声音的话，从前受人咒诅时心里所感到的苦痛印象就使他的心冰凉。所以，他就像死在雪景以外的拉波尼人似的把他的小屋和岩石看做是他的甜蜜的祖国；如果越过了这国境，他心里就感到一种莫名的不安。

公爵夫人预料她的可怜的孩子只能够在这冷静的卑恶范围内得到幸福，她最初并不抱憾人家所给她强加的命运；她授权自己来执行这强制的职责，给她的儿子预备一个美丽的生活，使他在孤单的生活里忙于科学的研究，请了赛朋特·彼得到别宫里来当未来的黑罗维尔红衣主教的蒙师。无论她的儿子将来得如何的剃发为僧，圣萨凡·约安都不愿意这种教育含有僧侣的意味，而用她的干涉来使他成为世俗的教育。她请保芜罗瓦负责来引导埃田去探讨自然科学的秘密。公爵夫人亲身监督埃田的研究，希望这

教导要依据孩子的力量来进行。她教他意大利文，来排遣他，不知不觉的给他揭示这语言的丰富的诗意。正当公爵领导马克西米连到野猪面前，冒着看他受伤的危险时，约安就带了埃田走进柏尔特拉尔克的十四行诗的银河，或《神曲》的辉煌的迷宫。

为着补偿埃田的虚弱起见，天性就使他赋有一种铿锵的歌喉，人们很难拒绝听他歌咏的快乐；他的母亲于是就教他音乐。温和哀怨的歌声，再加上琵琶的声调，这就是母亲允许他来弥补赛朋特教士所强制于他的苦工的消遣。埃田用他母亲只在沙微尔尼眼里看到的多情的态度来倾听她。可怜的女人第一次在儿子的深长的目光里回忆到往事的时候，不禁狂吻了他。当埃田问她为什么她似乎在这一刻钟之内特别的喜爱他，而她回答说她每一个钟头都更爱他的时候，她甚至于都涨红了脸。不久，她又在灵魂和精神的教育所要求的教导里找到她抚育孩子的身体时所尝到的同样的快乐滋味。虽然母亲们总不跟孩子们一同的长大，公爵夫人却是一个在母爱里渗有爱情成分的女人；她能够抚爱，她能够判断；她以能够使埃田在任何方面都超过她为荣，而不希望能够支配他；也许她也自知她有无尽的感情，所以她也并不骇怕任何的减少。

只有铁石的心肠才喜欢统制人家，真正的情绪倒爱惜克己的德性。埃田最初不明白什么例题，什么功课或什么定理的时候，监督功课的可怜的母亲好像都要给他注射知识，正如不久之前一听到他的啼哭就给他倾倒乳汁似的。然而，当埃田知道清楚事物的意义时，公爵夫人的眼睛不会因为那一种的快乐而发出紫光呢！正如赛朋特·彼得所说的一样，她给人家表现一个母亲是个双重的物类，她的感觉总可以包庇两个存在物。

公爵夫人这样的增高了一个死灰复燃的爱情所有的柔情而把母子俩连在一起的自然的情绪。埃田的脆弱使她不得不再继续几年去看顾她的儿子：她来给他穿衣服，帮助他上床睡觉；她一个人给她的儿子梳头，给他的头发打成发环，加上香油。这梳妆是一种继续不断的抚爱；她给这疼人的头所接的吻要跟她的织手给他梳头的次数一样的多，正如女人们总喜欢当情人们的母亲，给他们加以家庭的看顾似的，这个母亲也把她的儿子当做一个情人的肖像来看待；她发现他有一点儿类似墓里的心爱的表哥。埃田好像是乔治反映在远处神镜里的鬼魂；她对自己说他更似一个绅士，不像一个僧侣。

“要是有什么女人跟我一样的多情，愿意给他注射爱情的生命的话，他一定可以得到幸福!”她常常这么想。

但是她又立刻回想到埃田所以必得薙发为僧的可怕的环境，她就吻着教会将要把他剃去的头发，在那里留下几点泪珠。无论她曾经跟公爵订立过如何不公平的条约，她都不在她的眼睛眺望漆黑的将来所穿行的孔洞里把埃田看成一个牧师或一个红衣主教。父亲的遗忘允许她不必忙着把可怜的儿子送进修道院。

“总还有时间哩!”她对自己说。

她并不自认在心里埋藏有一个思想，而给埃田培养成了宫臣的美丽的态度举止，她要他变成跟沙微尔尼一样的温和文雅。公爵亲身管理家产，他应用一切的收入去利上加利，去实现他的计划，他的野心使公爵夫人只有一笔薄薄的贮蓄，她因此只给自己制造一些简陋的服装，不肯多花费，希望能够省下钱来给她的儿子弄到丝绒的外衣，饰有花边的漏斗形的长靴，细布裁制的紧身服。个人的缺乏使她生出喜欢隐瞒爱人的背下里的忠诚所有的同样的快乐。当她刺绣一条领巾的时候，她就想到儿子将来围上这领巾时的情形，而暗自庆祝。只有她一个人关心埃田的衣服，衬衫，香水，和其他的装束；她只为他而装饰，因为她喜欢他看到她的美丽。这些效劳都带有一种可以渗透儿子的肌肉而使他鲜艳的情绪，而且也有他们的报酬。有一天，保芜罗瓦宣称埃田可以长寿，如果没有任何剧烈的情绪突然来激动他的脆弱的身体的话。保芜罗瓦是个圣人，他的教导使他变成了受人咒诅的孩子的亲切的朋友，他的功劳并不是埃田所不知道，这位医生的忧愁的眼色一向察视这羸弱的偶像时都使公爵夫人颤栗。那时候埃田已经十六岁了。

这年纪，埃田的身材已经到达了五尺高，这是他不应当再超过的高度；但是沙微尔尼却是中等的身材。他那透明如丝的皮肤简直就跟少女的皮肤似的，使人家看到他的蓝色血管的最小的支脉。他的眼睛是浅蓝色的，印有一种不可磨灭的温存的色调，仿佛要请求男人们和女人们的保护；他的目光所发出的恳求所有的甜蜜的滋味在他的噪音完工蛊惑之前就可以诱引别人。他的一切脸纹都表露出他的诚挚的谦虚。光滑精致的金栗色长发分做两半，盖住他的额头，在末梢上自己打成发卷。苍白的深陷的双颊，纯洁而显出几条皱纹的额头，都表露出一种先天的苦痛，令人一望生悲。雅致的嘴和十分洁白的牙齿保留有这种濒死的人嘴唇上所挂的微笑。他的手就跟女人的手似的白嫩，手势非常的美丽。仿佛一棵枯萎的树木似的，长期的默思使他的头习惯于倾斜，这态度也很适合于他的身姿：这就像是一个伟大的艺术家拿来加在一只塑像上，使他表现出整个的思想的最后的韵致似的。您也许都会相信是看见了一个病弱的少女的头装在一只假造的男人的脆弱的躯体上。

使我们跟植物学家似的遍游思想的原野的含有丰富默思的诗章，人类思想的肥沃的比较，天才的作品所给我们的激发，都变成了他的孤单的梦幻生活的无尽的安闲乐趣。花木的命运万分类似他的命运，这悦人的造化是他所最爱好的。公爵夫人非常快乐的看着她的儿子有许多天真的情感。为着防卫他去跟社会生活发生庸俗的接触起见（他一定不能够抵抗这社会的生活，正如大西洋的细小的扁鱼不能够在沙滩上忍受太阳光的袭击似的），公爵夫人就给埃田带来许多西班牙的小歌，意大利的圣曲，书籍，十四行诗和其他的诗词，来鼓励他的兴味。黑罗维尔红衣主教的图书室是埃田的继承物，可以让他阅读一辈子。每天早晨，孩子都发现他的孤单生活里有许多颜色鲜艳的馨香的树木作为他的居民。所以，他的弱质不允许她长期进行的阅读，他在岩石之间举行的体操都被一阵天真的默思给打断了，使他整个时间的坐在他的温和的伴侣带笑的花朵之前，或是蹲在前面有海藻，海苔，海草的岩石的穴洞里，研究着他们的神秘。他在香气袭人的花瓣里去寻觅它的诗韵，仿佛蜜蜂曾在那里采蜜似的。他常常既没有目的也不愿意解释自己的快乐而敬慕着深浓颜色的花蒂上面所印有的精细的筋络，黄色或蓝色，绿色或紫色的富丽的衣着，花托或树叶的美妙的裂口，他们那暗淡无光或丝绒色泽的纤维，这些纤维自己裂了起来，就像他的灵魂遇有微末的触动就要自己毁灭似的。他这位既是思想家又是诗人的孩子，他后来应当惊异这同一自然界的各种殊异的原因，而在那里发现珍贵的机能的记号；因为，他一天一天的在解释世间的一切事物上所写下的神圣的“动词”

方面大有进步。在这神秘世界里所进行的孜孜不倦的秘密研究使他的生活表面上颇有默思的天才的神气。埃田终日躺卧在沙滩上，他非常的幸福，他已经不自知的变成一个诗人。一只黄金色的昆虫的突然来袭，太阳反照在大西洋里的回光，一片汪洋的水波的震动，一只海蟹，这一切的一切在这个质朴的灵魂看来都是一桩大事，一种快乐。看着母亲走来，听着她的袍子在远处里所发出的轻微的声音，等着她，对她说话，听她说话，这一切的一切都使他生出剧烈的感情，他甚至于常常因为母亲的迟到或轻微的恐惧而发烧。他只有一个灵魂，为着这脆弱的身体不要让这灵魂的激动的情感所毁坏起见，埃田需要清静，抚爱，山野的和平，一位女人的爱恋。这时候他的母亲暂时给他施予她的爱情和抚摸；岩石是清静的；花木和书籍使他的孤单生活焕发；总之，他这充满沙粒，介壳，海藻，青草的小小的国家在他看来仿佛是永远的新鲜的世界。

埃田有这纯洁的物质生活和这富有诗意的精神生活的一切益处。儿童的外观，成年的内心，他在这两方面都是天使一般的性质。因为适应母亲的意向，他的研究就把他的感情转移到思想的地域里来。他的生命活动于是就完成在精神的世界里，而远离了可以杀死他或使他苦楚的社会。他是用灵魂和智慧来生活的。从书本里得到了人类的思想之后，他甚至于都教养自己去了解推动物质的思想，他在空气里感觉到思想，他在天空读到这些思想的记录。总之，他很早就攀登以太的顶峰，在那里找到他的灵魂所需要的珍异的粮食，这粮食是醉人的，但是却预先给他交给将来这些堆积的宝库跟情感忽然放在他心里的富源互相凑合的时候他所要遇到的不幸。如果圣萨凡·约安有时也疑惧这个风波的话，她不久也就拿儿子的悲惨命运所给她感应的思想来安慰自己；因为这位可怜的母亲只能够找到一个更少的不幸来疗治一个不幸；

所以，她的每一个快乐都包含有苦味！

“他将来要当红衣主教，”她对自己说，“他要生活在艺术的情绪里，拿这情绪当做他的保护人。他要更爱艺术，不会爱女人，艺术绝不会出卖他。”

所以，这种母爱的快乐就不断的随着埃田在家里的特殊环境所给她产生的暗淡思想而改变着。弟兄两个人都过了成人的年纪，还没有彼此认识，彼此见面，彼此疑惑他们的竞争的生活。好久以来，公爵夫人都希望能够在丈夫出门的时候用什么仪式来结合两位弟兄，她而且还希望能够用她的灵魂在这仪式里来包庇他们。她自诩能够使埃田对马克西米连感觉兴趣，而对次子说他应当如何的感谢哥哥的爱护，因为哥哥为他而放弃了许多权利，哥哥还要守信弃权，虽然这是不得已的。然而这久怀的希望却萎谢了。她不但不愿意使两位弟兄互相认识，而且非常骇怕埃田和马克西米连会面，甚至于都在骇怕埃田和他的父亲会面之上。马克西米连只相信有祸患，他只怕有一天埃田会向他追索应有的权益，而给他的脖子挂上一块石头，把他扔在海里。任何的儿子都没有他这样的敬重他的母亲。他能够推理的时候，就看出公爵对于公爵夫人是如何的轻蔑。如果老总督对公爵夫人还保留有一些形式上的客套的话，父亲不大加以克制的马克西米连却使他的母亲生出万千的悲痛。所以，柏尔特兰就不断的看守，不让马克西米连看见埃田，大家而且很小心的瞒着埃田关于马克西米连的出生的消息。别宫里的一切仆人都很客气的怀恨圣西微尔侯爵（这是马克西米连的爵名，）而知道长男的存在的人也认为他是上帝所特备的一个报仇者。所以，埃田的前途是可怀疑的；也许他会受到弟弟的迫害。公爵夫人没有亲戚可以让她托孤她的疼人的孩子；埃田当了红衣主教而要当父亲的时候，他不会谴责他的母亲吗？这些想念，她那充满秘密苦痛的悲愁的生活就像是素食所平和的长期的病症似的。她的心需要最能干的防卫，然而她身边的人都不大懂得甘言蜜语。看到了富有天才的有心人，她的长子被人夺去了一切的权益，而甚至于连军事的才能都没有的这个大罪人（她的次子）却被派去戴上公爵冠，来继续这家统，那一个母亲的心不会受到伤刺呢？黑罗维尔家否认了自己的光荣。

和蔼的圣萨凡·约安没有能够咒诅，她只懂得祝福和哭泣；但是她可常常睁开双眸，仰视苍天，向上天追问这奇怪的判案的理由。当她想到自己死去了之后她的儿子将要变成孤苦零丁，不断的成为无法无天的弟弟的暴虐的对象时，她的眼睛就润湿了泪珠。这些抑制了的感觉，一个永远也不会忘记的爱情，这些莫名的苦恼（因为她为她的疼人的儿子而控制了她最剧烈的苦痛），她那随时被扰搅的快乐，她的不断的悲哀，这一切的一切都减弱了生活的原则，而在她身上发展出一种疲劳的病症，这病症不但没有减轻，而且反而与日俱增。最后，一个打击就催促了公爵夫人的憔悴，她企图给公爵解释马克西米连的教育，而受到拒绝。她没有能够给种植在这孩子灵魂里的讨厌的种子加以任何的药品。她的衰弱越来越明显，这病症甚至于促成了保芜罗瓦高升为黑罗维尔家医和诺曼地政府的官医。从前的接骨医生到别宫来居住。这时代，这些地位都是属于那些可以在这里找到必要的空闲来完成工作和研究的生活所不可缺少的报酬的学者们的。保芜罗瓦相当时候以来都很想得到这地位，因为他的学识和财产都给他引来了无数猛烈的仇敌。虽然有他所报效过的大家庭做他的后盾，最近他都曾经被一个刑事官司牵涉在内，只有等到公爵夫人的请求而由诺曼地总督来干涉才阻止了法院对他的追究。

公爵并不懊悔给从前的接骨医生施予这样重大的恩典：保芜罗瓦救过圣西维尔侯爵的命，侯爵的危症是其他一切的医生所无法救治的。但是公爵夫人的创伤由来已久，很难获到治疗，尤其当这创伤总是在家里不断复发的时候。病况让这许多苦痛要给她准备美妙命运的天使瞥眼看出末日的不久到临的时候，死就变成了对于将来的朦胧的预觉的一个凭证。

“没有了我，我可怜的孩子要变成什么样子的呢?”这是每个钟头都跟苦潮一般涌上她的脑海的一个思想。

最后，当公爵夫人必得卧床的时候，她就立刻朝着坟墓走去；因为她的儿子依据从前她为救护他的生活而订立的契约不能够到她的床头来。儿子的苦痛和母亲的苦痛同样的程度。因为抑郁的情绪所特有的天才，埃田就发明了最神秘的语言，使他能够和他的母亲会谈。他研究他的声音，仿佛一个最有才能的女伶似的，当保芜罗瓦给他暗示母亲只一个人留在房里的时候，就到母亲卧室的窗下来歌唱悲怨的乐曲。襁褓的时候，他曾经用贤慧的微笑安慰过他的母亲；现在他已经是诗人了，他就用最温存的歌曲来摸抚她。

“这些歌曲使我有力量继续活下去!”公爵夫人呼吸着埃田的乐音在内激荡的空气，对保芜罗瓦说。

应当让受人咒诅的孩子开始长期哀悼的时候最后也就到来了。他已经好几次发现他的感情和大西洋的动作之间的神秘的交通。他的神秘的科学使他对于物质抱有神圣的观念，使这现象变成比任何其他的东西都为雄辩。最后走去看视母亲的那个惨痛的一夜，大西洋正好沸腾着在他看来仿佛是异常的动作。这是一种海水的啸鸣，指示洋海有个内脏的工作；海里涌出了掀天的波涛，好像危急的狗所发出的惨痛悲鸣似的怒哮。埃田惊异的对自己说：

“它要我什么呢?它就跟活东西似的发抖哀怨!我母亲常常告诉我我出世的那天夜里大西洋曾经发出可怕的奔腾。我要遭到什么气运呢?”

这思想使他停留在他的小屋的窗口，两只眼睛轮流的瞧着颤

动微光的母亲卧室的十字窗和继续呜啸的大西洋。突然间，保芜罗瓦轻轻的敲了他的房门，开了门，露出一副暗淡悲哀的脸孔。

“大人，”他说，“公爵夫人危笃了，她要看您……一切都周密的防备，免得使您在别宫里遇到什么灾祸；但是我们还得非常的小心，我们得走过您在内出生的那间公爵的卧室。”

这些句使埃田涌出眼泪，他喊道：“大西洋给我报过信！”

他就机械的让人家领着朝向公爵夫人分娩受人咒诅的孩子时柏尔特兰所登上的塔楼走。骑卫在那里，手里提着灯笼。埃田走进了黑罗维尔红衣主教的大图书室，他不得不跟保芜罗瓦一同停留在那里，让柏尔特兰走去开门，看看受人咒诅的孩子是不是可以走过而碰不到危险。公爵昏睡着。轻声向前行走的时候，埃田和保芜罗瓦只在这庞大的别宫里听到濒死的女人的微弱的呻吟。所以，埃田出生时的环境又重新出现在母亲临终的时候。同样的风涛，同样的忧愁，同时的骇怕惊醒无情的巨人，然而这一次，巨人却安静的睡着。为着避免一切的灾祸起见，骑卫把埃田抱在自己怀里，穿过了可怕的主人的卧室，决定要是惊动了公爵，就拿公爵夫人的病况来塞责。埃田因为激动两位忠仆的恐怖而紧缩着；但是这感情却叫他准备好去对付父亲禁止他进去的这间华丽的卧室所要给他的眼睛呈现的景象。他在这张从来没有幸福降临的大床上寻觅他的亲爱的母亲，但是他好容易才找到她，因为她瘦了。她跟花边一样的苍白，只有最后的一息，她集结一切的力量去牵拉埃田的手，希望用一个深长的眼色把她整个的灵魂都送给他，好像沙微尔尼当年曾在一声再见里赠予她他的整个生命似的。保芜罗瓦和柏尔特兰，孩子和母亲，还有酣睡的公爵，他们又一次的集会了。同样的地点，同样的幕景，同样的演员；但是这却是悲惨的苦痛，而不是母性的快乐，死的黑夜，而不是生的白画。这时候夕阳西沉以来由海水的悲鸣来宣示的飓风忽然来临了。

“你是我亲爱的生命的花朵，”圣萨凡·约安一边说，一边吻她儿子的额头，“你从前是在暴风里离开了我的肚子，现在我也要跟着暴风离开了你。在这两次的飓风之间，一切的事情在我看来也都是风波，除了我看到你的时刻以外。这是我的最后的快乐，渗杂着我的最后的苦痛。永别了，我唯一的爱！永别了，两个即将相会的灵魂的美丽的影像！永别了，我唯一的纯粹的快乐！永别了，我的爱！”

“让我跟你去罢。”埃田躺在母亲床上，嘴里说。

“这也许倒是最好的命运！”她回答说，青灰色的双颊上流下两颗泪珠，因为她的眼睛仿佛从前一样能够看到将来。“——没有看见他吗？”她问他的两个仆人。

这时候，公爵在他的床上转动。一切的人都发起抖来。

“甚至于我这最后一次的快乐都得渗杂不幸的成分吗！”公爵夫人说，“带他来！带他来！”

“妈妈，我宁可多看你一刻钟，再死去！”可怜的孩子说完，就在床上不省人事了。

在公爵夫人的指示之下，柏尔特兰就把埃田抱在怀里，让他母亲看了最后一眼。公爵夫人用最后的目光来吻埃田。仆人再负责把孩子抱走，等着濒死的人的新的命令。

“你们得好好的爱护他，”她对骑卫跟接骨医生说，“因为除了你们和上天以外，我就再也看不出他有什么其他的保护人了……”

母亲们所有的确切的直观使她看出这大家庭的长子给骑卫感应的深刻的同情，骑卫对这家庭所有的尊敬情绪可以比拟犹太人对于圣城的爱慕。至于保芜罗瓦呢，他和公爵夫人的同盟契约早就签订过了。

两位仆人看到女主人不得不把这高贵的儿子托孤给他们，心里大受感动，就用一个神圣的姿势答应当这幼主的救星，孩子的母亲也就相信他们的姿势了。

几个钟头之后，公爵夫人就在清早的时分死去了，她的最后的忠仆大为哀悼痛哭，他们的唯一的唁语就是在她墓旁所说的一句话：她是一个天上下凡的仙女。

埃田感到最为剧烈，最为缠绵的苦痛，这种苦痛而且是无声的。他不再穿跑岩石了，他不再觉得有阅读和歌唱的力量了。他整天的蛰伏在一块岩石的穴洞里，对于气候的变化毫无感觉，呆呆的钉在花岗石上，仿佛石上所长的苔草似的，很少哭泣；但是他却迷落在唯一的一个跟大西洋一样无边的广大的思想里，这思想也跟大西洋一样的有成千的形状，变成了可怕的，多风波的，或是平静的。这不仅是一个苦痛，这简直是一个新的生命，一个特别为一个不应当再发微笑的美丽造化而有的不可避免的命运。有的苦痛就像投进流水的血液似的可以使水波暂时染有色泽，重新翻转的波涛可以恢复他的洁净的水帘。但是在埃田身上，他的水源甚至于都是反常的，每一时刻的水流都给他带来苦汁。

柏尔特兰年纪老了，他还保守他的马房总管的职务，因而不至于在这家庭里失去他的权威。他住在埃田的隐庐附近，使他能够用坚贞的情感和老兵士所特有的质朴的狡狯去看顾埃田。他改除了一切粗鲁的态度，来对可怜的孩子说话；下雨的天气，他就蹑手蹑脚的跑去找埃田，打破了孩子的梦幻，带他回到家里去。

他很快乐能够替代公爵夫人，使孩子觉得他如果没有母亲那样的爱抚的话，至少也有母亲那样的关心。这种怜惜很像是柔情。埃田既不抱怨，也不抵抗，他忍受仆人的照应；但是受人咒诅的孩子和其他人众之间的联系已经过分的断绝了，他不能够在心里生出新的热烈的情感。他就机械的让人家来保护他，因为他已经变成了隔乎人类和植物之间，或隔乎人类和上帝之间的一个东西。我们可以拿什么来比较一个不认识社会律则，人世虚伪，而保守一种甜蜜的天真，只听从心灵的本能的物类呢？不过，无论他如何的阴沉悲怨，他不久都觉得需要爱恋，需要另外一个母亲，另外一个属于他的灵魂；但是，因为一道无情的界墙使他离开文化，他很难遇到一个跟他一样也变成了花木的人。因为奋力去寻觅另外一个可以让他交通思想，相依为命的自我，他终于就跟大西洋感通了。

洋海在他看来已经变成了一个有生命有思想的物类，他总是面对着这隐藏有与陆地大异其趣的伟大特性的汪洋，而在那里发现了许多神秘的理由。生来就熟识这水源的无穷，海天都给他解说了许多美焕的诗章。在他看来，在这幅外表单调的大图里，一切都是变化无穷的。正如一切可以拿灵魂去统制肉体的人似的，他也有一个尖锐的眼光，能够毫无疲劳，极其容易的看到远处昙花一现的光彩和即生即灭的海水的浮动。水平如镜的时候，他还可以在海上找到许许多多的颜色，好像一个女人的面貌似的，也有一个姿仪，许多微笑，许多思想，许多偏情：那里是绿色而暗淡的，这里是深蓝色里的笑态，有的时候用水平线的恍惚微光来结合这些明亮的线条，有的时候在金橙色的云下摇荡着一道柔和的空气。夕阳给水波加上紫袍的时候，他仿佛是出席庆祝华宴一般。在他看来，中午的海水是快乐的，活泼的，富有精神的，因为他精神抖擞的不断吐出万千炫幻的闪烁；他给埃田揭示无数惊人的哀怨，当他安静悲愁而谦逊的反映布满乌云的天色时，他都使埃田唏嘘而涕泣。埃田了解了这茫茫大海的无声的语言。潮汐的进退仿佛是个悦耳的呼吸，每一个吐气都给他描绘一个情绪，他也懂得这情绪的亲切的意义。任何的水手，任何的学者都不能够像他那样的准确预言大西洋的任何怒气，海面上的任何变化。只要观察水波涌来而消灭在岸上的情貌，他就可以揣测出到底是不是有巨涛，有暴风，有旋风，和潮水的力量。夜幕垂挂天空的时候，他还能够在黄昏的微光下看出海洋而和他共同生存；他参与洋海的丰富的生活，狂风暴发的时候，他心里也起了风涛；他在他的尖锐的啸声里呼吸他的怒气，他跟那些在岩石上溅出万千水花的巨浪一同驰奔；他觉得自己就同海水一样的大胆，一样的可怕，跟海水一样的不可思议的跳回；他保守他的悲哀的缄默，他仿效海水的突然的宽仁。总之，他跟洋海结成一体了，洋海是他的知己，是他的朋友。清早来到岩石上面，走过晶亮精细的沙滩时，只一瞧眼他就认出了大西洋的灵魂；他立刻看出洋海的风景，就这样的飞翔在水镜之上，仿佛一个九天下降的天使一般。如果快乐的，活泼的，白色的烟云给他抛来一个精致的布幕，好像未婚妻额头上的面帕的话，他就用一个情郎的喜悦去细究这布幕的波纹和意态，就跟一个丈夫重新看见使他快乐的年青妻子的美貌一样陶醉的发现这清晨的洋海仿佛是朦胧初醒的女人似的娇媚。他的思想和这伟大的神圣的思想结合在一起，可以安慰他的孤单，他的灵魂的万千的萌芽也给他的狭小的沙漠生长了无数的超卓的奇观。

总之，他终于在洋海的一切动作里猜到了他和天演的亲切的联结，他看到整个自然界的调和，自从草屑起到类似风吹的到处飘荡的壳实，想要在以太里找到一个立脚点的天星为止。他跟天使一样的纯洁，儿童一样的天真，他的思想是幼稚的，他的生活有如一只海鸥，一朵鲜花，他只浪费诗意的幻想，神圣的科学，这科学的丰富的范围只有他一个人懂得欣赏。两个造化之难于致信的混合！有的时候，他用祈祷来扶持自己到上帝的座前，有的时候，他又谦虚礼让的下降，来享受粗野的快乐。在他看来，天星是夜晚的花朵，太阳是父亲，飞鸟是他的朋友。他把母亲的灵魂到处的安放；他常常在云端看见到她，他对她说话，而他们也就用一种神秘的感觉的的确确的互相交谈；某些日子，他都听到她的声音，他都看到她的微笑。总之，他也有不少的日子让他觉得并没有失去他的母亲！上帝似乎赐给了他古代孤独者的力量，使他生有一种完全的内心的感觉，可以让他透视一切事物的精神。宏大的精神力量使他能够比其他的人更了解长生不死的秘密。

他的懊丧和苦痛就像铁链似的把他跟鬼神的世界联结在一起；他带了一颗爱情的心到那里去寻觅他的母亲，用超卓的坐忘实现了奥尔非[①]的象征工作。他奋身奔进将来或天上，正如他从岩石上飞入大西洋，超过一条一条的水平线似的。当他匿居在花岗石的深圆穴洞里的时候（这穴洞的进口就跟巢窟一样的狭窄），当他被钻进石缝的温和的阳光所照耀，给他指示装饰这隐穴的美丽的海藻的时候（这穴洞真是那一种海鸟的巢穴），他往往就禁不住困息了。只有他的主人太阳给他测量海景，金沙和壳介失踪不见的时候到底流逝了多少时间，这样的告诉他他已经睡过了一觉。他从一道天光一般明亮的光线里看到了书本所告诉他的庞大的城市；他惊异而不羡慕的走去观看宫廷，国王，战争，人物和纪念碑。

这白画的梦幻使他的温和的花朵，他的云霞，他的太阳，他的美丽的花岗石岩变得更为可爱。为着使他更习惯于孤独的生涯起见，好像有一个天使给他揭示道德世界的深渊和文化的可怕的

① Orphée是神话中的音乐家。

芒刺似的。他觉得要是他的灵魂不久要在人世里被撕破的话，这灵魂就会跟公主入宫时从头上堕在泥泞里的一颗宝珠似的破碎而毁灭了。

儿子是怎么死的

四、一个承继人

埃田出世的那个可怕的夜晚之后二十几年，一六一七年，七十六岁即将就木的衰老的黑罗维尔公爵黄昏时分坐在他的卧室的拱形窗户前面的一张大靠椅里。这地方就是当年伯爵夫人吹着失落空中的喇叭声去祈求人世和上天的救援的所在。您一定会说这是一个真正的墓墟。他那坚毅的脸孔已经因为苦痛和年龄而失去凶恶的景象，这脸孔的颜色陪衬了落在秃头的长白发，显得有个灰白的色调，他的黄色头盖骨好像很虚弱。战争和偏向的信仰还在他的黄色眼里发出亮光，虽然这眼睛已经因为一个宗教的情绪而温和了。敬虔的信心给这一副当日这样暴虐的脸孔投上了寺院生活的色泽，使他的表情变成蔼和的。夕阳的光芒用一道温和的红光蒙上了这只还很强顽的头。包在棕色衣服里的老弱的身躯用了笨重的姿势和迟缓的动作凑合来描写这单调的生活，从前这样冒险，这样忿恨，这样活泼的人物面临可怕的休止。

“够了。”他对他的家庭教士说。

这位可敬的老人恭恭敬敬的站在主人前面，念读《福音书》。

公爵仿佛动物园里老当益壮的老狮子似的转过身来，朝着另外一个头发皓白的老人伸出他那只生有几根毛，还很敏捷，而没有了力气的消瘦的手臂。

“您，接骨医生!”他喊道，“您瞧我今天怎么样。”

“一切都很好，大人，已经退烧了。您还能够活上好多年。”

“我要在这里看看马克西米连，”公爵接着说，发出一个惬意的微笑。“这个好孩子！他现在请求在国王宫里带领一队枪手。安克尔元帅照应我的儿子，我们的玛利太后也想好好的给他结亲，他现在已经受封为尼夫郎公爵了。所以我的家望可以这样的继续维持下去了！这孩子在打仗方面曾经建过一些功勋……”

这时候，柏尔特兰手里拿着一封信进来了。

“这是什么呀?”老贵族激奋的说。

“国王派一个信差给你送一封信来。”骑卫回答说。

“国王而不是太后，”公爵惊愕的说，“到底什么事情呀？加尔维尼派已经造反了吗，他妈的!”公爵站了起来，接着说，他对三位老年人投去一道炯炯的目光。“我还可以武装我的兵士，有了马克西米连在我身边，诺曼地……”

“您请坐罢，大人。”接骨医生不放心公爵病刚好就说出这危险的大话，他就这样对公爵说。

“您念罢，高尔比诺先生。”老年人一边说，一边拿信交给他的忏悔师。

这四个人物刚刚好凑成了一幅可以使人明白人生的图画。因为年龄而满头皓白的骑卫、牧师和医生都站在坐在靠椅里的主人的前面，只互相的交换几个苍白的眼色，每一个人都表现了一种行将就木的老年人所要想到的思想。这些缄默的老年人在夕阳的最后光辉的照耀下凑成了一张赋有超卓哀怨和丰富对比的图像。这二十五年来没有什么变动的阴沉严肃的卧室刚刚好做了这一个充满熄灭了的情感，因为死亡而变成悲惨，富有宗教色调，含有诗意的图画的框架。

“国王下命把安克尔元帅杀死在罗佛尔桥上；还有……噢！我的上帝！……”

“说下去罢。”公爵喊着。

“尼夫郎公爵大人……”

“怎么啦?”

“……他死了!”

公爵朝着胸脯斜下他的头，他叹了一口大气，不再说话了。听了这句话，听了这太息，三位老年人就彼此失色相顾。他们觉得这著名的豪富的黑罗维尔家就在他们前面好像沉没的船似的失踪不见了。

“天上的主宰，”公爵朝着天空射去一道可怕的眼色，接着说，“他对我太负恩了！他忘记了我为神圣的原因所做过的高贵的事业！……”

“上帝会报复的。”牧师用严厉的声音说。

“把这个人关在监狱里!”公爵喊道。

“您不难叫我不说话，然而您可不容易平静您的良心。”

黑罗维尔公爵又变成沉思的。

“我的家庭灭亡了！我的家声毁灭了！我要娶个老婆，生个孩子!”长时期的间歇之后，他又开口说。

无论黑罗维尔公爵脸上所泄露的失望表情是如何的可怕，接骨医生都禁不住笑了。这时候，一阵和黄昏的空气一样的新鲜，跟天空一样的洁净，和大西洋的水色一样纯朴的歌声统制着海波的呻吟，升向天空，来使自然界美化。哀怨的声调，歌词的抑扬就像香气一样的笼罩灵魂。协和的气象表现在云端，充满天空，给一切的色泽倾注脂膏，或说得更确切一点儿，在表现他们之中来安慰他们。歌声这样完满的和波声相结合，仿佛是发自波中似的。这歌声在这几个老年人听来要比一位少女听到温柔的情语还要觉得和悦：他带有许多宗教性的希望，就像一阵天声似的在人心里回响。

“这是什么呀?”公爵问。

“小黄莺的唱歌，”柏尔特兰说，“一切都还没有完全灭亡，在他方面，在我们方面都是如此。”

“您管什么叫做黄莺哪?”

“这是我们给大少爷取的绰号。”柏尔特兰回答说。

“我的儿子!”老年人叫了起来，“那末，我还有一个儿子，我还有什么东西可以顶上我的家姓，给我传家吗?”

他跷起脚跟站了起来，开始在房里忽慢的走着；随后，他就做出一个命令的姿势，送走一切的人，除了牧师以外。

第二天早晨，公爵在老骑卫的扶持之下，沿着沙滩走，穿过了岩石，寻找从前他所咒诅的儿子；他看见儿子蹲在花岗石的穴隙里，懒洋洋的躺在阳光之下，脑袋靠在细草上，两只脚韵致十足的收在身下。埃田仿佛是一只憩息的燕子。庞大的老年人在海岸上出现的时候，他的脚步声在柔软的沙里轻微的回报波涛的声息时，埃田转过了头，好像受惊的小鸟似的叫了一声，立刻钻进了花岗石，失踪不见了，仿佛老鼠轻捷钻进穴洞，使人甚至于都不相信曾经看见过他似的。

“呃!他妈的!他躲到那儿去了呢?”老贵族走到儿子在上蹲踞的岩石时，嘴里喊道。

“他在那儿。”柏尔特兰指着一个狭窄的穴隙说，这穴隙的周边已经因为高潮的冲打而变成光泽的了。

“埃田，我的好孩子!”老年人喊道。

受人咒诅的儿子并不回答。老公爵一忽儿哀求，一忽儿恫吓，一忽儿怒骂，一忽儿恳求，弄了半天，终得不到一声回答。有的时候，他率性不言语，侧耳倾听穴隙，精细的听觉只能够允许他听到埃田的微弱的心悸，急促的脉搏在响亮的拱状石顶下荡漾着。

“他至少还活着，他。”老年人用破裂心肠的声音说。

失望的父亲只好向祈恳求助了。

“埃田，”他对他说，“我亲爱的埃田，我错认了你，上帝责罚我！他给我夺去了你的弟弟！今日你是我的唯一的独生子。我比爱我自己都更爱你。我承认我的错误，我知道你的血管里的确有我和你母亲的血液，你母亲的苦痛都是我的赐予。你来，我要让你忘记我的错过，为着我所损失的一切而爱惜你。埃田，你已经是尼夫郎公爵，我死之后，你还可以当黑罗维尔公爵，法兰西的世卿，佩戴金羊章的勋级会骑士，一百武士的头领，柏桑的大法官，代替国王统治诺曼地的总督，领有二十七块地产，六十九座钟楼的贵族，圣萨凡侯爵。你可以娶上一位亲王的小姐。你会变成黑罗维尔家的领袖……你难道要我悲哀而死吗？你来，你来！不然的话，我就要一直跪在那里，隐庐的前面，等到我看见了你为止。你的老父亲恳求你，他在他的儿子面前就跟在上帝面前一样的谦虚。”

受人咒诅的儿子并不了解这充满社会观念和他所不懂得的虚荣的语言，他心里只觉得有许多不可克服的恐惧的印象。他还是一声不响的，心里生起许多可怕的忧愁。黄昏时分，老贵族已经竭尽了一切的唇舌，一切的恳求和一切的悔改的声音，他心里忽然起了一阵宗教的忏悔。他就跪在沙滩上，发了这个愿：

“我发誓给我妻子和我儿子的保护者圣约翰和圣埃田建立一所祈祷室在那里为圣母筹念一百次弥撒，如果上帝和这些圣人能够使我的儿子尼夫郎公爵回心转意的话。我这儿子，他就在这里！”

他万分谦虚的留在那里，两腿双双跪下，叉着手，祈祷着。

但是，他仍然没有看见他的儿子出来，他的家望所在的这个儿子，粗大的泪珠就涌出了他那久已干涸的眼睛，顺着萎靡的双颊流了下去。这时候，什么也没有听见的埃田就像渴望阳光的水蛇似的转出洞口，他看到了垂头丧气的老年人的眼泪，认得了苦痛的语言，就拉住了父亲的手，吻了他，用天使一般的声音说：

“噢，我的父亲，对不起！”

五、葛布丽埃尔

诺曼地总督在狂热的幸福里抱住了他的羸弱的承继人，儿子就像一个被人劫持的少女似的发抖；公爵觉到儿子的心悸，就努力用触动花朵的细心来吻他，来安慰他，为他而找到了许多从来没有说过的温和的话语。

“天老爷，你真像我的可怜的约安，亲爱的孩子！”他对他说，“告诉我你喜欢什么，我要给你弄到你所要的一切东西。你得把身体养得强强的！别生病！因为你是文质彬彬的；我要教你骑一匹温和的母马。你不会碰到任何逆意的东西。他妈的！你身边的一切东西都要跟风吹芦草一样的贴伏。我在这里赐你一种无上的权力。我自己也要跟服从家神似的服从你……”

父亲于是就带了儿子走进了母亲在内度过悲痛生活的华贵的卧室。埃田忽然走去靠在十字窗旁边，他从前就是在这里开始他的生活，他的母亲就是在这里给他暗号，告诉他迫害他的人离家出门。他也不知道到底是什么缘故这个迫害他的人现在却变成了他的奴隶，好像仙女送来侍奉年青王子的大汉似的。这仙女其实就是封建社会。埃田重新看到了当年他的眼睛惯于从中看到大西洋的悲愁的卧室，眼里不禁涌出了一阵泪珠。回想到长期的不幸，再欣然回想到他在唯一的感情里所尝到的快乐的滋味，母爱的情绪就整个的溶化在他心上，发展出一首既甘美又可怕的诗。这位惯于坐忘生活的孩子（正如其他的人惯于人世的激动似的），他所有的感情并不像任何男性的感情。

“他活得了吗?”老年人惊愕的发现他的承继人的虚弱，就惊慌失措的忍住了自己的呼气，只怕它往儿子身上吹去。

“我只能够在这里活下去。”埃田简简单单的回答，他已经听见了父亲的话。

“好罢，这间卧室就是你的卧室了，我的孩子。”

“什么事情呀?”黑罗维尔少爷听见别宫的人众来到守卫室的脚步声，就这样的问。公爵召集这些人到这里来，给他们介绍他的儿子，确信儿子的成功。

“你来。”父亲回答他，挽住了他的手，带他到大厅里来。

这时代，像黑罗维尔公爵这样富有的一个公爵和世卿，这样有权有势的一个贵族，他在法兰西所过的简直是一个王子的生活；家庭的子弟不会拒绝来侍奉他；他有一个家和他的官员；他家里的传令官就像现在元帅家里的传令官似的。几年之后，李慈刘红衣主教都有他的卫队。许多王室的亲戚，如基斯家，刚地家，那微尔家，王多姆家，都从最好的家庭里选择了许多儿童来当他们的扈从，这是业已灭亡的武士道社会的最后的风俗。黑罗维尔公爵的财富和他的古老的诺曼地的血统（这可以由他的家姓表示出来，“黑罗维尔”（Herus villa）的意思是“领袖的家庭”）允许他去仿效在他下属的人家，例如柏尔郎家，吕伊恩家，巴拉凝家，多家，查美家，这时候的人都认为这些家庭是暴发户，但是他们却过的是王子的生活。所以让埃田去参看这些侍奉父亲的年青人的集会，这简直是个壮观。公爵登上了一个放在一只饰有几个层级的搁板的雕花的木盖下面的椅子；在一些外省里，有些贵族还在这种宝座上判决案件，这是消灭在李慈刘统治之下的稀见的封建时代的遗留。这种宝座很像教堂里教区理事员所坐的座位，现在已经变成古董了。埃田发现自己在那里站在父亲附近的时候，他不禁颤栗的看着自己变成了一切眼睛的瞟视目标。

“别发抖，”公爵低下头来，朝着儿子的耳边说，“因为这一切都是我们的人。”

夕阳照红了这大厅的十字窗，使这大厅显出半明半暗的光彩，埃田在这光彩里看到了大法官，武装的军佐和一些兵士，骑卫，家庭教士，书记官，医生，家庭总管，执达吏，军需官，马夫，猎场守卫，全班的仆从。虽然这些人都因为老年人给生活在他的统治之下和他的省份里的人众所感应的恐惧而保持一种尊敬的态度，一种好奇的等待也总使他们生出低微的声息，使埃田的心紧缩，第一次感觉到会场的沉闷空气所给他感应的影响；习惯于海上的纯净空气的官觉立刻就受到刺激，表明他的器官是如何的完善。当他的父亲不得不装出老狮子的威严神气说出了下面这一小段严肃的演词时，心脏的某种缺点使他产生的一阵可怕的心悸就用快速的跳动来激荡他：

“朋友们，这是我的儿子埃田，我的长子，我的承继人，尼夫郎公爵，因为国王无疑的要指定他来担任他那去世的弟弟的职务；我把他介绍给你们，希望你们能够认识他，能够像服从我似的服从他。我预先告诉你们要是你们之中有一个人或我所管治的省内有一个什么人敢于逆忤年青的公爵或因为任何的理由去触犯他的话，这个人最好是没有从母亲肚子里爬出来……你们懂得吗？请你们大家都回去办理你们的事务，但望上帝指导你们……黑罗维尔·马克西米连的尸体运回这里的时候，我们就要在这里为他们举行葬礼。全家的人都得为他挂一星期的孝。过后，我们就要庆祝我的儿子埃田的登位了。”

“大人千岁！黑罗维尔家千岁！”这声音几乎要使别宫崩塌。

仆人们带火炬来照耀大厅。这山呼，这火光，父亲的演讲所给埃田产生的感觉，再加上他所已有的感觉，这一切的一切都使他整个的发昏。他坐下了一张靠椅，让他那只女人一般的手落在他的父亲的粗大的手里。当公爵给他的传令官做下一个暗号，叫他来而对他说："好，阿尔达昂男爵，我很高兴能够补上我的损失；请您来看我的儿子来！"的时候，他觉得他的手里有一只冰凉的手，他就瞧了尼夫郎公爵一眼，以为他已经死去了，再大叫一声，惊倒了全场的人众。

保芜罗瓦开了搁板，把年青人抱在怀里，带走他，嘴里对他的主人说：

"您没有让他准备好来举行这典礼，您杀了他了……"

"要他这样的话，恐怕他就不会生孩子了，不是吗?"公爵一边喊，一边跟着保芜罗瓦到华贵的卧室里来；医生到这里来把年青承继人躺在床上。

"怎么样啦，医生?"父亲忧虑的问。

"不要紧。"老家臣一边回答，一边给他的主人指着吃了他在一块糖上滴下的几滴补药而恢复气色的埃田，这是一种新的珍贵的药品，药铺里都是论金子出售的。

"拿去罢，老光棍，"老贵族一边说，一边给保芜罗瓦递过他的钱包，"你得把他当做太子一样的看顾！要是你不小心让他死了的话，我要亲身把您放在烤肉铁上烧死您……"

"要是您再这样粗暴的话，尼夫郎公爵就会让您弄死了的，"医生蛮横的对他的主人说，"让他去罢，他要睡了。"

"晚上好，我的心肝。"老年人一边说，一边吻他儿子的额头。

"晚上好，父亲。"年青人回答说。他的声音使公爵颤栗，公爵第一次听见埃田叫他做"父亲"。

公爵挽了保芜罗瓦的手臂，带他到隔壁的厅里来，推他走进了一个十字窗的窗口，对他说：

“啊，这个，老光棍，咱们俩谈谈一些机密罢。”

这句话是公爵的殷勤的表示，使医生不禁嫣然一笑，医生久已不再干他的“接骨”的勾当。

“你知道，”公爵继续说，“我并不希望你召祸。你替我可怜的约安接过两次生，你治好了我的儿子马克西米连一次病，你是我家的一分子。可怜的孩子！我要替他报仇，我负责对付杀死他的人！黑罗维尔家的前途操在你的手里。我要立刻给那个孩子成亲。只有你懂得这位小产的孩子身上是不是找得到给黑罗维尔家传种的材料……你明白了吗？你想怎么样？”

“他在海滨的生活未免太纯洁了，要是他生活在你的社会里的话，他绝不会这样的自然淳朴。但是像他这样精致的身躯实在是灵魂的最谦卑的奴隶。埃田大人得自己选择他的妻子，因为他的一切都应当是自然的工程，而不是您的愿望的工程。他一定会天真的爱恋，他一定会依据心之所好做了您希望他为您的家统而做的事情。要是您给他一个小马似的贵妇人的话，他一定会走去躲在他的岩石里。而且，要是有什么剧烈的恐怖可以准准儿的杀死了他的话，我相信过分突如其来的幸福也会同样的打击他。为着免除这个不幸起见，我认为应当让埃田自己在爱情的道路上随他的意去寻觅他的爱人。请您听我的话，大人，虽然您是一个有权有势的王公，您对这些事情一点儿也不懂得。请您完全依托我，您就可以得到一个孙子。”

“要是您能够用任何法术让我得到一个孙子的话，我就要使您变成一个贵族。是的，这虽是不容易的，但是你总可以从一个老光棍变成一个体面的人物，你会变成一个领有福尔卡里埃男爵衔头的保芜罗瓦。请你用一切的方法，白巫术，黑巫术，到教堂去念九日经，到术士会议去研究邪法，只要我能够得到一个孙子，什么都是好的。”

“我知道一种可以腐败一切的术士会议，”保芜罗瓦说，“这术士会议就是您自己，大人。我认识您。今天您要拿出一切的代价去求得一个后嗣；明天，您却要规定这后嗣应当在那一种条件之下来到您的家，您也就要折磨您的儿子了……”

“上帝不允许我这样！”

“那末，请您就到宫里去罢？元帅的死和国王的解放一定在那里产生出天翻地覆的事情，您应当到那里去办些事儿，这难道不就是给您让出人家曾经答应过您的元帅的指挥杖吗。让我来管治埃田大人。但是您愿意用绅士的资格给我保证我可以做任何的事情吗？”

公爵拍了拍老年人的手，表示完全同意，然后就退回他的寓所里去了。

一个有权力的高等贵族不久于人世的时候，医生就变成了他家里的一个重要的人物。所以，当年的接骨医生之变得如此和黑罗维尔公爵亲昵，实在是不足为奇的。除了因为不法的关系而让他的婚姻使他和这伟大的家庭发生于有利的关系之外，公爵也常常试验过这位学者的伟大的见解，他已经把医生看做是他所宠爱的一个顾问。保芜罗瓦是这位路易十一的古瓦梯埃。但是，无论他的科学有多大的价值，医生总不能够在代表宗教战争的凶恶性的诺曼地总督身上施展和他所得到的封建权利一样多的影响。所以，这位家臣就猜想是这贵族的偏见损害了父亲的愿望。像保芜罗瓦这样伟大的医生，他懂得在埃田这样体质脆弱的人身上，婚姻的问题应当得是一个温和的缓慢的感应，给他交通新的力量，用爱情的火焰去激励他。正如他所说的，强制埃田娶上一个妻子，这就等于杀死他。人家得设法不让这孤独的年青人恐惧婚姻，因为他对婚姻一无所知，人家也得设法使他知道他的父亲所关心的事情的目的。这位无名诗人只允许柏特拉尔克对罗尔，但丁对柏阿特里斯的崇高美丽的爱情。正如他的母亲似的，他是整个的纯洁的爱情，他是整个的灵魂；人家应当给他机会去爱恋，去等待事缘，而不是控制机遇；一道命令就可以断绝了他的生命的源泉。

保芜罗瓦·安多恩医生是人父，他有一个女儿，是在她可以出嫁给埃田的情况之下抚养长成的。谁也没有料到这些事故使父亲愿望他当红衣主教的一个孩子去当黑罗维尔家的储贰，保芜罗瓦绝没有想到埃田和葛布丽埃尔的命运有相同的地方。保芜罗瓦的念头是他对这两个孩子的忠诚而生的结果，倒不一定是因为他有野心。无论他的医术如何的高明，他的妻子却因为难产而死去了，给他留下一个女儿。这女儿天生的弱质，他甚至于都认为她的母亲已经给她遗传了死的种子。保芜罗瓦爱他的葛布丽埃尔，正如一切的老年人都爱他们的独生子似的。他的学识和他的经常的照应给这脆弱的女儿输入一个虚假的生命，他就像花匠培植异卉一样的抚养他的女儿。他教她居住在福尔卡里埃的田庄里，不让她看视任何的东西，用一般的情意去保护她，使她不至于受到时代的灾祸的袭击。这种情意是每个人都得焚香礼拜的一个人所特有的，因为他的科学力量使人生出一种敬畏之心。他归心于黑罗维尔家，他给外省人治疗许多疾病，享有盛名，用他在总督身边的地位去破除敌人的追究；但是他也很小心的到别宫里来，带了他隐藏在福尔卡里埃的花朵到这里来。福尔卡里埃田庄的重要性是在于他的土地，而不是在于他的居民，他计算在这里给他的女儿找到一个合于他的眼光的住所。给老公爵答应设法使公爵抱孙，要求主人同意他的一切行为的时候，他就忽然得到葛布丽埃尔，这位温和甜蜜的孩子，这孩子的母亲早被公爵忘记了，正如公爵忘记了自己的儿子埃田似的。他预料到如果公爵知道了他的心绪的话可以随着良好的结果而免除去的困难一开头就会变成无可克服的，所以就等着公爵出门，然后再去实行他的计划。

保芜罗瓦医生的家朝南坐落的围绕诺曼地溪谷的秀雅的山丘之中的一个斜坡上。北面是一带密林，高高的围墙和诺曼地的深沟园篱在那里形成了一个不可侵犯的圈地。花园略为倾斜的一直连到灌溉谷里牧场的河边，双重篱笆的高斜坡就在这河边形成了天然的堤岸。篱笆里转着一条秘密的小径，顺着水带逶迤，柳树，桐树和榛树使它变成了厚业，有如林中的小径。这地区所特有的绿色草地自房屋一直伸展到这堡垒为止，这是一排奇树异木的阴影所笼罩的一条美丽的绿带，树荫的色调结成了一块颜色清秀的地毯：那里是一棵松树的白色银光浮显在几棵桤树的深绿背景上；这里是一棵幽雅的白杨在一群老榛树之前伸出它那不断摇荡的树枝；更远的地方，无数的垂柳在圆顶的大胡桃树之间倾斜着他们的苍白的树叶。这一带奇树异木使人可以随时从房屋走向篱笆，不必恐惧阳光的曝晒。正面楼的前头伸展着一条铺沙的土台的黄色带，这正面楼是由一道木廊给他画出阴影的，木廊的周围错综着许多攀爬的植物，五月时节甚至于都一直把他们的花朵开到第二层楼的十字窗下，这花园并不宽阔，然而却因为伸展的情状而像是庞大的；他的景致非常巧妙的排布在山丘上，和月光自由游过的山谷的景色相配合。依据葛布丽埃尔的本能的思想，他能够从一块狭窄的空间回到她的孤独的生活里来，除了一块厚密的草地和树梢的蓝天之外再也看不见任何的东西，或是顺从绿带的色泽，自最初的灿烂的树木起到绿带消失其间的清朗无翳的地平线为止，在丰富的景象上，飞翔在蓝色的天空或浮荡的烟云里。

保芜罗瓦·葛布丽埃尔在她祖母的照应之下，在她保姆的抚养之下，除了上礼拜堂以外，从来没有离开过这卑陋的房屋。这礼拜堂在山岭的顶端露出他的钟楼，她都是在祖母、保姆和父亲

的仆人陪伴之下到那里去的。所以，到了十七岁的年纪，她还是因为少看书而保守着一种可爱的无知，不在少见有学识的女人的时代里显得与众不同。这房屋就像是一所修道院，不过加上自由，减少强迫的祈祷罢了；她生活在这里，受到一位敬虔老妇的照应，她所看到的唯一男人（她的父亲）的保护。她生来就像是弱质多病的女人，保芜罗瓦也正因此而谨慎的给她强制这深长的孤独生活。随着年龄的增长，人家对她所有的照顾，新鲜空气的影响的确也使她的脆弱青春渐渐的变成强健的。不过，见识高明的医生也并没有忽视女儿眼睛周围的光泽渐渐随着她的感情而减退，而变黑，而发焰。躯体的柔弱和灵魂的强旺都在那里露出症候，是他的长年经验使他认识清楚的；还有，葛布丽埃尔那天仙一般的美貌也使他恐惧这到处叛乱的残暴时代所常有的一桩事情。万千的推理都给这位善良的父亲劝告，叫他加倍使树荫浓密，使他女儿的生活更为孤独，因为女儿的敏捷的感觉使他恐惧：一个感情，一次抢亲，一回什么袭击都会使她受到致命的伤害。虽然他的女儿很少罹人咒骂，但是一次的惩戒一定会使她跌倒；她一定会把这惩戒怀在心里，让其深入，养成了一种缄默的悲哀，她会因此而哭泣，而且是长时期的哭泣。所以，在葛布丽埃尔身上，她所需要的精神上的教养也并不比她所需要的身体上的抚育为少。

老医生只好不给他的女儿讲述儿童们所迷醉的故事，因为她会接受过分剧烈的印象。所以，这个长期的经验使他变成这样有学识的人物就忙于设法发展女儿的身体，希望能够消除这样健旺的灵魂所给她带来的打击。因为葛布丽埃尔是他的整个生命，他的爱女，他的唯一的承继人，他从来没有迟疑去争取可以得到好结果的东西。他很谨慎的废除了书本，图画，音乐，一切能够引起思想的艺术的创作。在他母亲的援助之下，他设法使葛布丽埃尔对手工发生兴味。刺绣啦，缝制衣服啦，做花边啦，种花啦，料理家事啦，收成果子啦，总之，生活里最含有物质性的工作都拿来做为这可爱的孩子的精神的食粮，保芜罗瓦给她带来许多美丽的纺纱车，制造精巧的衣箱，华丽的地毯，巴里西·柏尔拿尔的瓷器，桌子，祈祷的跪凳，饰有珍奇布料的雕刻的椅子，加工制造的衬衣和珠宝。老年人在父爱的指导之下总是选择富有所谓花卉图案的精巧的装饰的东西作为他的礼品，这些物品既不能感触官觉，也不能触动灵魂，他们只用纯粹精巧的创造来适应精神。所以，真是一桩怪事！一位父亲的仇恨所给黑罗维尔·埃田强制的生活，父爱的情绪却告诉保芜罗瓦同样的加在葛布丽埃尔身上。在这两位孩子身上，灵魂都应当杀戮躯体；两个人之中如果一个不是因为偶然的情景，一个不是因为科学的要求而生活在深长的孤独里的话，他们两个人都是活不成的，一个会因为恐惧而死去，一个会因为爱情的压迫而捐生。但是，不幸得很！布丽埃尔并不是生长在荒凉或是遍生灌木的国度里，并不是生长在伟大的画师拿来作为圣母像的背景的干枯的自然界里，而是生活在一个丰沃的山谷里。保芜罗瓦不能够灭除自然的树林的调和的布置，花篮的幽雅的安排，新鲜柔软的绿色地毯，攀爬植物的错综所表现的爱情。

这些活泼的诗章都有他们的语言，是葛布丽埃尔所顿悟的，而不是她所了解的。葛布丽埃尔让自己逍遥自在的在这绿荫下走进朦胧的梦境里。当她穿行她的欣赏给她在美丽的天空下所提示的混沌的思想，和她对于英吉利的浓雾消灭其间而法兰西的清朗从中开始的海洋气候的变化以及各季节的时令所表现的一切山景的深长的研究时，她的心里就浮显出一道悠远的光芒，冲破父亲把她隐蔽在内的黑暗的一道曙光。

保芜罗瓦也并没有消除葛布丽埃尔对于天神的敬爱：她除了爱慕自然界之外，又敬仰造物的主宰，她投身走进女性情绪的第一条道路之上，她爱上帝，她爱耶稣，她爱圣母，她爱圣贤，她爱教会和他的仪式；她是一个圣女德勒斯[1]式的天主教徒，圣女把耶稣看做是亲切的丈夫，庚续的婚姻。但是葛布丽埃尔是用这样动人的简朴投身于强烈的灵魂的情感，她甚至于都用天真幼稚的语言打破了最为粗暴的诱惑。

这种纯洁的生活引导葛布丽埃尔到什么地方去呢？人们得如何教导这一只近似反映蓝天的平静的湖水一样洁净的智慧的灵魂呢？画在这一块白布上的是那一些图像呢？这些盛开在牵牛花之上的雪白的钟衫花是旋绕在那一种树木的周围呢？自己问了自己这些问题之后，父亲心里总免不了起了颤栗。这时候，善良的老学者骑在骡背上，慢慢的走路，好像要使黑罗维尔别宫通到乌尔斯岗的路变成没有尽头的道路似的，乌尔斯岗是一个乡村的名字，他的田庄福尔卡里埃就在这乡村的附近。他对女儿的无限的爱护使他心里怀起了这样大胆的计划！世界上只有一个人能够使她变成幸福的，这个人就是埃田。当然啰，圣萨凡·约安的天使一般的儿子和马拉拿·热尔特绿蒂的诚实的女儿是天生的一对儿。除了葛布丽埃尔以外，任何一个女人都会吓倒或杀死黑罗维尔家的储贰；同样的，在保芜罗瓦看来，一位没有埃田那样纯洁精致的外表内情的男人好像也非得毁灭葛布丽埃尔不可。不消除说可怜的医生当初并没有想到这个，完全是偶然的机缘使他自喜走近这计划，命令他这样的进行。但是，在路易十三的统治之下而敢诱导黑罗维尔公爵给他的独生子娶个诺曼地接骨医生的女儿吗！然而也只有这种婚姻才可以使急欲得到后嗣的老公爵抱孙。这两个美丽孩子的结联可以说是天作之合。上帝用难于置信的事变来使

---

① Sainte Thérese 是十六世纪的意大利女信徒，据说能与圣神相交通，著有几种重要的宗教书籍。

他们结合，然而人类的思想和法律却在他们之间放下许多无从超越的深渊。

虽然老年人认为这是上帝的旨意，虽然他所说的话怎么样的惊动公爵，他一想到这个刚愎的人物的蛮横，心里就不免恐怖了起来。当他登了乌尔斯岗对面的山岭，看见他园里树木之间屋顶所冒出的炊烟的时候，他甚至于都停步了。他跟公爵的不合法的亲戚关系使他下了决心，这是能够影响公爵意见的一种考虑。一旦下了决心，保芜罗瓦就相信生命中的偶然的机缘，公爵很可能在这婚事之前死去；他还可以依靠许多前例：杜菲尼的一个女人米额·佛兰苏丝刚嫁给霍必达元帅；孟莫莲西·安拿元帅的儿子娶了亨利二世和一位毕埃芒地方名叫杜克·菲力的妇人所生的女儿迪安。

正当父爱的情绪使他做了这些考虑，估计一切的可能性，研究好坏的机缘，衡量将来的情况时，葛布丽埃尔就在她的花园里散步，选择花朵来装饰著名的陶工所制的花瓶。这陶工在上釉方面的功夫就跟齐里尼·班凡奴多在金属制造方面的功夫一样的精巧。葛布丽埃尔把这只烧有浮雕兽形的花瓶放在客厅中间的桌子上，插满了许多花朵，来取悦她的祖母，也许也同样的来给她的思想弄出一个形式。所谓李莫慈的大瓷瓶插满了花，安放在富丽的桌毯上。保芜罗瓦进来的时候，她正好对她的祖母说："您瞧瞧!"女儿跑去投在父亲的怀抱里。第一阵柔情的流露之后，葛布丽埃尔就要这个老年人欣赏她的花束；但是看了看这花束之后，保芜罗瓦却给他的女儿倾倒上他的深刻的目光，都使她脸色发红。

"是时候了!"他懂得花朵所说的话，就这样的对自己说。无疑的，每一朵花的形状和颜色都曾经过他的女儿的研究，因为每一朵花都是插在适当的地方，在花束里产生出一种魔力。

葛布丽埃尔静静的站着，没有想到她在刺绣机上所开始绣的花朵。看了女儿一眼，泪珠就在保芜罗瓦的眼睛里流转，顺着庄严的还不容易紧缩的双颊流下，落在他的衬衣上。依据这时代的时尚，背心是在肚子上面打开的，可以让人家在裤子上看到这衬衣他脱下了饰有一条红色旧鸟毛的毡帽，因而能够用他的手去抚索他的秃头。这位女儿还是属于他的，在这铺有皮毯，饰有乌木家具，粗绸门帘，高高的壁炉台而由温和的阳光来照耀的客厅所有的棕黑的橼桁之下重新再看他的女儿一眼，可怜的父亲不禁觉到他的眼睛里涌着清泪，而拭干了这些泪珠。一个疼爱儿女的父亲总喜欢女儿年幼；至于能够在深长的苦痛里看到女儿在一个男子的统治下活着的父亲呢，他不会再向崇高的世界攀爬，而堕落在最卑劣的地带里。

“您怎么啦，孩子?”老母亲一边拿下她的眼镜，设法在这位好好先生的平常快乐的态度里去寻找使她惊异的缄默的原因，一边嘴里说。

老医生用手指给老母指着他的女儿，老母亲用一个满意的记号摇了摇头，好像是说:“她很伶俐呀!”

谁看见了年青的少女穿了时尚的服装，过着诺曼地的新鲜的日子，不会生出保芜罗瓦所有的同样的感情呢？葛布丽埃尔穿着意大利的画师总要给他们的圣女像或圣母像画上的前尖后方的胸衣。这天蓝色的丝绒小胸衣就跟一只热水罐似的小巧玲珑，好像女修士的包头布似的扎紧了她的胸脯，巧妙的显出她的身姿，仿佛被他扎扁了似的；他用最能干的艺术家所画的图像的清秀的性质来配合她的肩膀，她的背，她的腰，而用一个饰有淡黄色薄绣绸的长方形领子弯弯的围住了她的颈项。这领子让人家看到刚刚可以表现女人的美丽而不至于引起邪念的白肉。一件淡黄色的袍子接着丝绒一般的胸脯所表露的线纹，一直垂到脚上，形成了许多又薄又扁的褶痕。腰部未免太细了，甚至于都使葛布丽埃尔看来相当的高。她的小手臂懒洋洋的垂着，这是一道深长的思想使她的态度所生的结果。这样的姿仪使她显得是个杰作雕塑的活模型。这种雕塑的趣味当时还有他的存在，他是用笔直的线条和表现生命的坚定的图案使他叹赏的。

黄昏时节掠过窗口的燕子的侧形也没有表现过这样雅致的形状。葛布丽埃尔的脸孔是清瘦的，然而却并不扁平；她的颈项和她的额头上交错着浅蓝色的条纹，画出了类似玛瑙纹的色泽，表现出精致的透明的颜色，人家甚至于都会以为看到了血液在血管里的流转。这过分白皙的颜色在双颊的地方却染上了一些红润。同样带有金栗色的头发就在镶珠的蓝色丝绒的小帽子底下仿佛两条黄金色的溪流似的顺着她的鬓角流下，好像指环似的垂在她的肩膀上面，而没有盖住肩膀。这纤细的头发的可爱的颜色使她的颈项更显得白亮，再用他的回光使她的洁净的脸孔轮廓更加洁净。紧紧的镶在厚眼皮之间的眼睛是跟胸脯和头部的精致相调和的。灰色的眼色发出亮光，而不活跃，诚实在那里遮住了她的感情。鼻子的线条仿佛钢片一样的冰凉，缺乏一对红润的丝绒一般的鼻孔，鼻孔的动作好像是跟常常惊异，有时狂笑，总是畅快的梦人的额头的贞洁性质不相和协。最后，一只灵动的小耳朵可以吸引人们的视线，在帽子底下，两撮头发之间露出一只梨形的红宝石，它的颜色非常明显的反映在乳白的颈项之上。这既不是肌肉丰满的诺曼地的美丽，也不是感情使物质抬高价值的南国的美丽，也不是宛如表情一样浮游的法兰西的美丽，也不是悲怨冷淡的北欧的美丽；这是天主教的纯洁神圣的华丽，既软弱又坚毅。既严厉又温柔。

“人家能够到那儿去找一个比她更漂亮的公爵夫人呢?”保芜罗瓦自得的瞧着葛布丽埃尔，心下对自己说。葛布丽埃尔略为倾下身子，顺着外面的一只飞鸟伸出她的颈项，我们只能够拿停足倾听潺潺的水声想要解渴的羚羊来比拟她。

“来坐在那儿罢。”保芜罗瓦一边说，一边拍了一下自己的腿，给葛布丽埃尔做出一个表示信任的记号。

葛布丽埃尔明白他的意思，就走了过来。她用羚羊一般的轻捷步伐朝着父亲走来，伸出手臂，抱住保芜罗瓦的脖子，父亲的领巾都被她突然的弄皱了。

“你采花的时候到底想到谁呀？你从来没有这样用心的排布过花朵。”

“我想到许多的事情，”她说，“欣赏这些好像是为我们而生的花朵时，我就问我自己我们是为谁而生的，瞧着我们的到底是些什么东西。您是我的父亲，我可以告诉您我身体里所发生的事情；您是精明强干的，您可以解释一切。我觉得我身里有一种力量要施展威力，我跟什么东西斗争。天色发灰的时候，我就变成一半快乐的，我悲愁，然而却是平静的。天气清朗的时候，百花馨香的时节，我坐在忍冬树和茉莉花下面那张凳子上面的时候，我身里就起了一阵波涛，冲着我的坚定的态度而粉碎了。我的脑子里涌上了无数袭击我的念头，又跟黄昏时节掠过我们的十字窗的飞鸟似的跑得无踪无迹，我都不能够抓住它们。唉，当我依照地毯的颜色来编扎一个花束，使红色连着白色，绿色和棕色互相交错，一切都很富丽，空气在那里浮游，花朵互相冲碰，香味和花蒂彼此混合的时候，我认得身里所发生的事情就觉得幸福。当教堂里的风琴奏出乐调，教士回声唱和，人类的嗓音和音乐的声调互相交错的时候，好，我就觉得快乐，这协和的声调就在我的胸口荡漾，我就用使我血液沸腾的快乐祈祷上帝……”

保芜罗瓦一边倾听女儿的话语，一边用慧眼去观察她：他的目光正因为他的明亮的思想力量而显得呆笨，正如瀑布的水看来好像停滞不动似的。他揭开了给他遮蔽使灵魂对身体反应的秘密的内幕，他研究着他的长年的经验在一切信托他来照应的人物身上所发现的各种不同的症候，他拿这些症候来跟这脆弱躯体的症候相比较，她的精脆的骨头使他惊惧，她的乳白的颜色的不能持久的性质使他恐怖，他设法用科学的教训来研究这天使一般的孩子的前途，他发现自己是这样的情形不禁跟悬崖勒马似的头昏脑痛了；葛布丽埃尔那过分颤抖的声音，葛布丽埃尔那过分细致的胸脯使他生出忧愁之心，他询问了她之后，也就自己询问自己了。

“你在这时受苦!”他在结束他的默思而被最后的思想催促之下发出了这一声喊叫。

她轻轻低下她的头。

“上帝的恩典!”老年人叹了一口气，说，“我带你到黑罗维尔别宫去；你可以在那里洗海水浴，使你的身体强壮。”

“这是真的吗，父亲？您不是跟您的葛布丽埃尔开玩笑吗？我真想看看别宫，武装的英雄，军佐和大人!”

“是的，我的女儿。你的保姆和约翰都要陪你去。”

“不久就要去吗?”

“明天就去。”老年人说，他立刻跑到花园里去，因而能够瞒住他的母亲和他的女儿他是如何的激动。

“上帝证明我的举动没有任何的野心，”他说，“我得救治我的女儿，我得使埃田幸福，这是我的唯一的动机!”

他之所以这样的询问自己，这是因为他在良心深处感觉到有一种不可磨灭的满足，知道能够用计划的成功去使葛布丽埃尔终有一天变成了黑罗维尔公爵夫人。一个父亲总是一个人。他散步了好久才回来吃晚饭，他整个晚上都自喜的瞧着他的女儿生活在他使她习惯成自然的温和的棕色的诗境里。

就寝之前，当祖母，保姆，医生和葛布丽埃尔跪下共同祈祷的时候，他对他们说：

“咱们大家都祈求上帝来祝福我的计划成功。”

祖母知道她的儿子的计划，她的眼睛被她的残余的眼泪润湿了。好奇的葛布丽埃尔脸孔则因为幸福而发红。

“总之，”他的母亲对他说，“你别怕，安多恩。公爵不会杀死他的外孙女!”

“是的，他不会，”他回答说，“但是他会逼她嫁给一位什么老男爵，这老男爵就会给我们杀死她。”

六、爱　　情

第二天，葛布丽埃尔骑在驴上，她的保姆步行跟在她后面，她的父亲骑骡跟在她后面，大家都在牵引背负行李的两匹马的仆人陪伴下走上路，朝向黑罗维尔别宫进发。大队人马在太阳西沉的时分到达了别宫。为着不让外人知道这秘密的旅行起见，保芜罗瓦一清早就动身，走着偏僻曲折的小路，他叫人家带了许多食品，预备在路上吃，免得到旅馆里去。所以天黑的时候，保芜罗瓦才进了别宫，没有让别宫的仆人注意，他走进了受人咒诅的孩子一向所住的寓所里来，只有唯一知道机密的柏尔特兰在那里等待他。老骑卫帮助医生，保姆和仆人卸下了马背上的行李，把他搬了进去，把保芜罗瓦的女儿安顿在埃田的住处里。柏尔特兰看见了葛布丽埃尔，不禁大吃一惊。

“我好像是看到太太!”他愕然呼叫，“她就跟她一样的瘦，一样的弱；她也有她的苍白的脸色，金栗色的头发；老公爵一定会喜欢她的。”

“但愿这是上帝的意向!”保芜罗瓦说，“但是他会由我的血统认出她的血统吗?”

“他很难否认她，”柏尔特兰说，“我很常登上罗马美人的门去找他，那时候罗马美人住在居尔屠尔圣迦泰琳街。罗兰红衣主教非常勉强把她让给大人，因为他很耻愧让人侮慢，走出她的家门。那时候，大人是个二十岁的青年，他应当还记得他的诡计；他那时候已经很大胆，我现在可以说这桩事情，他弄了许多流氓来！”

“他再也不想这些事情了，”保芜罗瓦说，“他知道我的内人死了，但是他好容易才知道我有一个女儿！”

“像咱们这样两个老奸巨滑，咱们能把船驶到港里，”柏尔特兰说，“总之，要是公爵生了气，害及咱们的身体的话，咱们的身体也到了应该入土的时候了。”

黑罗维尔公爵动身之前，曾经定下严厉的刑罚，禁止别宫的仆人到埃田一向所居住的沙滩那一边去，除非尼夫郎公爵带了什么人跟他一块儿去以外。这命令是保芜罗瓦给公爵建议的，他给公爵说明必须让埃田保持他的习惯，因而可以给葛布丽埃尔和保姆保证这地区的不可侵犯的性质，医生命令她们没有他的允许不准她们离开这地区。

这两天，埃田居留在父亲的华贵的卧室里，因为苦楚的回忆把他迷惑在那里。这张床就是他母亲的床；她曾在两步路的地方忍受保芜罗瓦给她救治母子两个人的生命的可怕的生产的景象；她曾把她的思想说给这些家具听，她曾应用这些家具，她的眼睛曾经常游目于这室内的壁饰；她好几次走到这窗口，用一声叫唤，一个暗号来呼召她那被人否认的可怜的孩子，现在这别宫的主人！他一个人居住在这里，前一次他只偷偷的让保芜罗瓦带到这里来给他那濒死的母亲接一个最后的吻，他使他的母亲在这里复生，他对她说话，他听她说话；他喝着这从来未尝干涸的源泉，这源泉流出了许多类似 Super flumina Babylonis 的歌曲。

回来之后的第二天，保芜罗瓦来探视他的主人，他温和的责备他不该待在房里，没有出去，叫他注意他不应该拿一个囚犯一般的生活来代替海阔天空的自由生涯。

“这里是很广阔的，”埃田回答说，“这里有我母亲的灵魂。”

医生总算是用了柔情的影响得到了埃田的允许，每日到海滨或是到外面他所不认识的田野里去散步。然而第二天，埃田的回忆又使他整天的停留在窗口，眺望大海；洋海给他呈出许多不同的景象，他甚至于都以为从来没有看见过海水这样的美丽。他一边欣赏景色，一边朗诵柏特拉尔克的诗；柏特拉尔克是他所喜欢的一个作家，他的诗最能深入埃田的心灵，因为他含有一种坚贞的独一的爱情。埃田并没有许多的爱情材料，他只能够用一种方式来爱恋，他只能够爱恋一次。如果这爱情必得跟一切独一的事物似的是深刻的爱情的话，他就必得有平静的表现，必得是甜蜜而纯洁的，正如这位意大利诗人的十四行诗似的。夕阳衔山的时分，孤独的孩子开始用一种美妙的嗓音歌唱，这歌声正如希望一样已经产生在对音乐最无感觉的父亲的耳朵里。他用黄莺一般的声音随时变化他的同一的曲调来表达他的哀怨。这曲调是已故的亨利四世的作品，这曲调并不是葛布丽埃尔曲，而是在结构方面，乐调方面，柔情的表现方面都比较更为高妙的一种曲调。这曲调是古代的知音者可以从国王所制造的歌词里认识出来的一种曲调，他无疑的是唱了曾经在柏恩山中哄唤他的童年的这一段叠句：

来罢，晨曦！
我请求你，
一看了你，我就眼红：
我最思想
那个牧娘，
她就跟你一样紫润；
有如朝露
洁净若珠。
蔷薇难比她的新鲜；
一只黄鼠
更为粗鲁，
百合不若她的清艳。

用这歌唱天真的描写了他的情思之后，埃田就凝视洋海，嘴里说道：

“这就是我的未婚妻，我的唯一的爱人！”

随后，他又唱起他的小曲的另一段歌词：

她真美丽，

无人可比！

他重复的唱着，来表达一个懦怯青年所富有的求爱的诗意。这种青年孤单的时候就变成了大胆的人。在这断断续续，时歇时唱的歌声里，在这最后的变调如同钟声一样逐渐消沉的歌声里浮出了无数的梦幻。这时候，一道声音从海上转了过来，他最初还以为是汽笛的声音，其实是一位女人重复的歌唱他的曲调，不过是用第一次懂得音乐的人所应有的犹豫来歌唱罢了。他认得这是协和的诗章使一个心灵产生的呀声。埃田对于自己的嗓音有过长期的研究，他懂得声音所表现的语言，灵魂可以在声音里遇到口语表达的思想同样多的思泉。只有他一个人能够揣测这些尝试所表露的懦怯的惊异。人家不是用那一种宗教的细腻的敬仰来倾听他的歌唱呢？空气的平静使他听得见一切，他颤栗的听见一件飘荡的袍子所发生的震动的发音；他大为惊愕，他这个总是被恐怖所生的情感推向墓边两箭地而在自己心里感到当年母亲的到来所给他产生的薰香的感觉的青年。

“咱们走罢，葛布丽埃尔，我的孩子，”保芜罗瓦说，“我不许你太阳下山之后还逗留在这些沙滩上。回去罢，我的女儿。”

“葛布丽埃尔！”埃田对自己说，“这名字多美啊！”

不久，保芜罗瓦出现了，他把他的主人从梦幻一般的默思里唤醒。夜已经来临了，月亮已经上升了。

“大人，”医生说，“您今天还没有出去，这不卫生。”

“我吗，”埃田回答说，“我可以太阳下山之后到沙滩那里去吗？”

这句话的不言而喻的意义表现出第一个欲望的温和的狡狯，老年人不由得微微的笑了一笑。

“你有一个女儿吗，保芜罗瓦？”

“是的，大人，我晚年的孩子，我最疼爱的孩子。公爵大人，令尊大人千吩万咐，叫我来照应您的宝贵的日子，我不能够到福尔卡里埃去看她，我实在抱歉，因为我只好叫她出来，免得她被任何的人看见，而把她安顿在大人从前所住的房子里。她太脆弱，我替她骇怕一切，甚至于一个过分剧烈的感觉；所以，我什么也没有教她，因为她会自己杀死自己的。”

“她什么都不知道吗？”埃田惊愕的说。

“她有一个好主妇的一切能力；但是她所过的生活却跟一棵树的生活似的。大人，无知是一件跟科学一样神圣的东西，科学和无知是两种生存的方式；两者都把灵魂好像包在卷尸布里似的保藏了起来：科学使您活着，无知也救了我女儿的命。保藏得当的宝珠可以免除袭击，可以快乐的活着。我可以拿宝珠来比喻我的葛布丽埃尔，因为她的脸色有宝珠的东方的色泽，她的灵魂有宝珠的温雅的性质，而到现在为止，我的福尔卡里埃也做了她的介壳。”

“跟我一块儿来罢，”埃田一边说，一边穿上他的外衣，“我要到海边去，天气太好了。”

保芜罗瓦和他的主人一同静静的走着，一直走到渔夫房舍的门扉之间所发出的一道光线用他的金芒去映照海水的地方为止。

“我不知道怎么样来表达看到一道反射海上的光线时我心里所生的感觉，”懦怯的承继人对医生说，“我常常看这间房子的窗户，一直看到他的光亮熄灭了的时候为止！”他指着他母亲的房子，加上一句话说。

“无论葛布丽埃尔怎么样的虚弱，”保芜罗瓦快乐的回答说，“她总可以出来跟我们一块儿溜达溜达；今天夜里还暖和，空气里也没有什么湿气；我去找她去。但是您得小心一点儿，大人……”

埃田过分的腼腆，他不敢对保芜罗瓦提议陪他到渔夫的房舍去；何况他又受了初恋所生的念头和感觉的影响而堕进昏醉的状态里。他觉得一个人单独留下更为自由，他看到海水照映在月色朦胧里，就不免大声喊叫：

“所以大西洋算是迁移到我的灵魂里来了！”

埃田看见活泼的塑像朝着他这边走来，又看到银色的月光普照她身上，不禁加倍了他的心脏的跳悸，然而这景况倒并没有使他苦恼。

“孩子，”保芜罗瓦说，“这就是大人。”

这时候，可怜的埃田只管愿望有个父亲一般的粗大的身材，他希望自己能够显得强健，不要显得衰弱。一切爱情和男子的虚荣心都跟箭矢似的同时射进了他的心坎，他呆呆的停留在悲哀的缄默里，第一次衡量着他的缺点的程度。最初是少女的敬礼使他窘促，他非常别扭的还了一礼，逗留在保芜罗瓦身边，一头跟他闲谈，一头沿着海滨散步；但是葛布丽埃尔的觍觍恭敬的态度使他壮了胆，他居然敢于对她说出几句话。唱歌的事情是偶尔的效果；医生并不愿意做下什么事先的准备，他想在这两个因为孤独的生活而心灵纯洁的孩子之间所发生的一定是非常纯朴的爱情。所以葛布丽埃尔的唱和就变成了自然的谈话资料。散步的时候，埃田也跟初恋的情绪把生命迁移到另外一个生命里去的一切男子的觉得自己的身躯大有飘飘然的神气。他对葛布丽埃尔提议来教她歌咏。可怜的孩子万分快乐能够在这赋有某种优点的少女眼前有所表现，当她接受他的提议时，他甚至于都因为松了一口气而颤栗起来。这时候。月光明亮的照耀葛布丽埃尔，让埃田认出她和已故的公爵夫人之间所有的相似的地方。正如圣萨凡·约安一样，保芜罗瓦的女儿也是清瘦的，脆弱的；正如公爵夫人一样，苦痛和悲哀也在她身上产生了一种神秘的韵致。她有未尝被世俗改变的灵魂所特有的贵质，在这些灵魂身上一切都是美丽的，因为一切都是自然的。但是葛布丽埃尔身上却多了一种罗马美人的血统，这血统流传了两代，使这个孩子的纯洁灵魂里藏有一个暴躁的妓女的心情，就是因为为了这个道理，她才有一种使她的眼睛发红，使她的额头神圣，使她仿佛一道微光似的发亮，使她的动作生出火焰一般的闪烁的狂热。保芜罗瓦注意到这现象，不禁发起抖来，我们现在可以管这现象叫做思想的磷光，然而医生那时候却认为是死的象征。

埃田惊动了少女，使她用巡视巢外的懦怯小鸟的动作伸出她的颈项。葛布丽埃尔被父亲遮住了，她希望能够从容窥视埃田，她的目光既表露好奇的情绪，又表露她的快乐，既表露她的恩情，又表露她的大胆。在她看来，埃田并不是虚弱的，而是雅致的；她觉得他这样的肖似她自己，这君王身上的任何东西都不至于使她恐惧：埃田的苦闷的颜色，他的美丽的纤手，他的病态的微笑，他那分梳两半而一卷儿一卷儿的垂落在压平的领圈花边上面的头发，这留有黄色皱纹的额头，这贫富强弱的对照，这一切的一切都使她愉悦，这些不是可以阿谀爱情所萌芽的母爱的保护的欲望吗？这些不是已经激起了让女人去寻觅她所爱的男子的特点的需要吗？在他们两个人身上，思想和新的感觉都用一种力量，一种可以使灵魂强大的丰富的力量产生了出来；两个人都惊愕缄默的愣着，因为感觉的表达是越深刻就越难表示的。一切经久的爱情都是以梦幻的默思为开端的。也许让这两位男女在温和的月光之下第一次见面是最合式不过的事情，因为这么一来，他们就不会被爱情的光彩突然晕绝了；他们必得在给他们呈献无边情感的图像的海滨互相逢遇。他们两个人都彼此满足的离开，只怕两个人都不相爱。

埃田从他的窗口眺望葛布丽埃尔所居住的房屋的灯光。在这渗杂恐惧的充满希望的时刻里，年青的诗人又给柏特拉尔克的十四行诗找出许多新的意义。他已经看到了罗尔[1]，看到了一个跟阳光一样的纯净辉煌，跟天使一样的智慧，跟女人一样的文弱的雅致的脸孔。二十年的研究已经有了联系，他明白了一切美丽的神秘的结合；他认得了他所崇拜的诗章里多少女性的美质；他已经爱恋了这么久而还不自知，整个的过去都混合在这一夜的感情里。葛布丽埃尔和他母亲的肖似在他看来仿佛是神授的命令。爱恋的时候，他并不表露他的苦痛，爱情给他赓续他的母亲的情爱。他用母亲当日所有的情绪夜里欣赏睡在这茅庐里的孩子。这又是一种可以使他联结现在和过去的相似的地方。圣萨凡·约安的愁苦脸容又在他的回忆的烟云里出现了；他用轻弱的微笑重新看到她，他听着她的温和的话语，她低下头，唏嘘起来了。房屋的灯光熄灭了。埃田用一种新的表情歌唱亨利四世的小曲。远处里，她听到葛布丽埃尔用她的学习来回答他。年青的少女也同样的在沉醉的爱乡里做她的初次的旅行。这回答使埃田的心充满快乐；血液在他的血管里流转，在那里散出一种他从来没有感觉到的力量，爱情使他变成强壮。只有虚弱的男女能够认识这生活中的新的创造所有的情欲。贫困的人，苦痛的人，受人虐待的人有一种不可磨灭的快乐；宇宙在他们看来都算不了什么东西。埃田和愁城的民众有万千的联系近期的显贵只给他产生恐怖，然而爱情却给他倾倒富有创造力量的油膏：他喜欢爱情。

第二天，埃田一清早就起床，跑到他从前所住的房屋那边去，葛布丽埃尔也在好奇心的激动之下，她所不承认的一种烦躁心情的催促之下，一大清早就梳卷她的头发，穿上她的美丽的衣服。两个人都满腔热望彼此重新见面，而互相恐惧这见面的结果。至于他呢，您得想象他也已经选择了最精致的花边，修饰最美的外

---

① Laure是意大利诗人柏特拉尔克的情人。

衣，紫丝绒的裤子；总之，他换上了这一套使许多人想起路易十三的苍白的姿容的美丽的服装，这姿容之受路易十三的权威的压制正如埃田到此为止一直压制他的仪表似的。这服装并不是这君主和这臣属之间的唯一的相似之点。埃田和路易十三一样，都有万千的感觉性：贞洁，悲怨，空泛而切实的苦痛，骑士式的懦怯，只怕不能够表露纯洁情绪的恐惧，只怕太快得到伟大的灵魂喜欢迟延的幸福的恐怖，权力的重量，不计厉害而爱恋一个天才宗教家所称为“天星”的人物所有的服从的倾向。

葛布丽埃尔虽然不谙世故，她却想到一个福尔卡里埃的微贱居民，一个接骨医生的女儿和黑罗维尔家的储贰，尼夫郎公爵埃田大人的距离实在是太远了，他们实在是不平等的；她没有猜想到爱情可以使她变成高贵。天真的女孩子没有看出这是施展野心去求得其他女人羡慕坐下的位置的问题，她只看到障碍。她已经有了恋爱的心情而还不知道什么叫做恋爱，她觉得自己远离她的快乐，而愿意接近他，仿佛一个孩子愿望得到挂在高处的他的奢望的目的物，黄金色的果实似的。在一个看了花朵一眼就受了感动，从抒情诗的歌曲里见到爱情的女人看来，前一天看见安慰她的弱质的脆弱的贵族时她心里所生的情绪不是怎么样的又温和又剧烈呢。但是，埃田在此一夜之间已经伟大了许多，她已经把他看做是她的希望，她的力量；她把他放得太高了，她甚至于都忧虑不能够接近他。

“您允许我时常到您身边，到您的田庄来吗？”公爵低下眼睛问。

葛布丽埃尔看见埃田这样的恐惧，这样的谦卑（因为他也把保芜罗瓦的女儿看做仙女），她颇以他给她交来君王的权杖而觉得为难；但是这种贴伏的态度却深深的感动了她，阿谀了她。只有女人们懂得主人对她的尊敬会产生多少的诱惑性。然而她却只怕自己的误认，跟人类第一个女人一样的好奇，她要知道实情。

“您昨天不是答应要教我音乐吗?”她回答说，满心希望音乐做为她跟他在一起的借口。

如果可怜的女孩子知道埃田的生活的话，她也绝不会发出这个疑问。在他看来，语言是灵魂的回音，葛布丽埃尔这句话使他生出了深长的苦痛。来时满心的热望，只怕在他的光明里有个黑点，然而他却遇到一个怀疑！他的快乐熄灭了，他又重新走进他的沙漠，再也没有在那里找到从前用以美化沙漠的花朵。葛布丽埃尔在负责给人解除苦痛的天使所特有的预知，上天的仁慈的光照之下，猜出了她方才使他产生的苦恼。她万分懊悔自己的错过，她希望上帝的力量能够使她给埃田揭开她的心怀，因为她已经感觉到一句责备，一个严厉的眼色所生的残暴的感情；她天真的给他指出她心灵里所浮上的云翳，这些云翳就像是她的爱情的黎明的金色襁褓。葛布丽埃尔的一颗泪珠使埃田的苦痛变成快乐，他于是反而愿意指责自己的暴虐。这是他们一开端就互相认识彼此的心弦震动的一种幸福，他们避免了万千可以杀死他们的打击。突然间，埃田不耐烦去躲避在一个事业的背后，他就带领葛布丽埃尔走到小十字窗前面的一张桌子那边去，他曾在这小十字窗之前苦痛过，从此之后，他却要在这里欣赏一朵比他所研究过的一切的花都更美丽的花。随后，他就翻开了一本书，他们的头都朝着这本书倾去，他们的头发也互相的碰着了。

这两位男女的心灵是这样的健全，他们的身体又是这样的虚弱，然而苦痛的恩典却使他们的外表变成美焕的，他们就形成了一幅动人的图画。葛布丽埃尔并不知道如何的撒娇：埃田一有恳求，她就立刻给他送去一道秋波，他们的目光只由贞洁的心情而互相的逢遇；她很快乐的告诉埃田她怎么样的喜欢听他的歌声；当他给她解释音阶的地位和音阶的性质时，她都忘记了他所说的话的意义；她听着他，让乐调去配合乐器思想去配合形式；这是巧妙的阿谀，真正爱情所遇到的第一个阿谀。葛布丽埃尔发现埃田美丽；她真想摸抚外衣的丝绒，触动领圈的花边。至于埃田呢，他在这一双美眸的秋波下变形了；这一双眸子给他注入一个丰富的液汁，在他的眼睛里发出晶亮，在他的额头上发出光辉，再由额头回到他的内心，他一点儿也并不以这种新的机能的作用为苦；相反的，他的机能却互相的增强。幸福就像是他的新生的滋养的乳液。

因为任何的东西都不能够分散他们的，他们不但是这一天留在一起，而且是其他的日子也是如此，因为自从第一天起，他们都彼此互相隶属，互相赠送权杖，彼此嬉戏，好像儿童心心相印的游戏似的。他们快乐的坐在这黄金色的沙滩上，彼此述说他们的过去。这过去的生活在其中的一个方面是苦痛的，然而却是充满梦幻的；在另一个人方面是梦幻的，然而却充满苦中的乐趣。

“我并没见过母亲，”葛布丽埃尔说，“但是我父亲却跟上帝一样的好。”

“我并没有过父亲，”受人咒诅的孩子说，“但是我的母亲却是整个的苍天。”

埃田叙述他的童年，他对母亲的敬爱，他对花朵的爱好。听了这句话，葛布丽埃尔甚为惊愕。她让埃田盘问，不禁涨红着脸，答不出话来；然后，当一道暗影好像由死神的翅膀掠过这只额头，掠过埃田的一切感情都可以表现出来的看得见的灵魂上面的时候，她就回答说：

“我，我也因为这个道理特别喜欢花朵。”

相信自己由共同的嗜好甚至于在过去的生活里都和他联系在一起，这难道不是处女们所懂得表示的一个情誓吗！爱情总设法使自己变成由来已久，这是儿童式的撒娇。

第二天，埃田带来花朵，他命令人家替他寻觅稀罕的花朵，仿佛他母亲从前叫人替他寻找似的。我们得知道一个孤居的人效法母爱的传统，给一位女人施展他的母亲当日拿来美化他的生活的爱抚的照应所有的一个情绪的根源是如何的深刻！在他看来，混合这两个独一的感情的琐事有那一种伟大的性质啊！花朵和音乐变成了他们的爱情的语言。葛布丽埃尔用花束来回赠埃田，其中的一个花束就可以使老接骨医生猜想他的无知的女儿已经有过多的知识。两个情人的物质上的无知好像形成了一个黑色的底布，在这底布上面，他们的一切精神上的交感都饶有趣味的浮显出来，仿佛是埃杜鲁里人①的红润洁净的侧面形似的。他们的任何话语都带有思想的泉流，因为这些话语都是他们的默思的结果。他们不能够发明大胆的举动，在他们看来，一切的开端都像是结尾。虽然他们随时都是自由的，如果其中的一个能够给他的欲求附上一个意义的话，他们却好像是囚禁在无可奈何的天真幼稚的情况里。他们既是诗人，又是诗。最能感动情场灵魂的音乐，这艺术就是他们的思想的翻译通事，他们甚感快慰的重复同一的语句，在他们的灵魂在上自由震动的美妙的音乐里吐露他们的真情。

许多的爱情都是顺着对立的情景而进行的：这些对立就是口角和赔罪，精神上和物质上的通俗的争斗。但是真正的爱情却一开端就把它放在远离这些争斗的地方，在一切都是同样性质的地方，已经没有两种性格的分别了；好像天才的最高的表现似的，它懂得停留在最显著的光线里，它保持这光线，使它发扬光大，不需要暗影来表露它的光明。因为葛布丽埃尔是个女人，因为埃田曾经大量的苦痛，大量的默思过，他们两个人就立刻走过了庸

① Etrurie是古代意大利的地名，那里的居民也许是从小亚细亚来的，在纪元前十五世纪即有灿烂的文化。

俗的情人所占据的空闲，越过了这地带。正如一切弱质多病的人似的，他们都更快的因为信仰，因为这倍增灵魂力量的紫色天光而深入情海。在他们看来，太阳都是正午时分的光热。不久，他们心里都有这种既不妒忌又不苦楚的神圣的信仰；他们都是便着克己的，他们彼此都有恒定的崇拜。在这种情形之下，爱情是没有苦痛的。在体质的虚弱方面是相同的，在他们的结合方面是坚强的。如果这位贵族在知识方面或在风俗习惯方面比她高明的话，医生的女儿却能够用她的美貌，她的高尚情绪，她在享乐方面所表现的精神去抵消。所以，这两只鸽子突然间就像是打开翅膀在蓝天下飞翔似的：埃田爱恋葛布丽埃尔，他被葛布丽埃尔爱上，现在是平静的，将来是清朗的，他是主人，别宫是他的产业，洋海是他们两人的属地；任何的忧愁都不会搅乱他们的调和的合唱；贞洁的感觉和精神扩大了他们的世界，他们的思想毫不困难的互相演绎；满足了欲望就会使许多的东西枯萎，这欲望，这人世性爱的错过还没有存在于他们的心中。正如栖在同一柳枝之上的两个风神似的，他们非常幸福的欣赏着一面水镜之中的他们的影像；海阔天空就够得他们的享受，他们崇拜大西洋，而没有想到坐上一叶扁舟，由希望之神给他们驾驶，泛游其中。

爱情里有一个时刻是自足的，有他的存在就是幸福。在一切都萌芽的春天里，情郎有的时候要躲避他的情人，因而能够更美妙的欣赏她，更惬意的看见她；但是，埃田和葛布丽埃尔却一块儿沉溺在这童年时代的甜蜜里：有的时候就像是亲密的姐妹，有的时候就像是互相大胆探询的弟兄。平常的情形，爱情都需要一个奴隶和一个神明，但是，他们却实现了柏拉图的美梦，他们其实是神化了的独一的存在。他们轮流的互相卫护。一次一次的爱抚接续的出现，但是，这些爱抚却是纯洁的，仿佛是享受生活的幼小动物的一双活泼，快乐，娇媚的眼睛。把他们的灵魂带到抒情的歌唱里的情绪用同一幸福的万千幻化来引导他们走上爱海。他们的快乐既不使他们疯狂，也不使他们失眠。这是快乐的童年，渐渐的生长而没有认识将要挂满树枝的红色的美花。他们互相的献身，而没有假定有任何的危险，他们在一句话里或一个眼色里，在一个接吻里或深长的握手里互相的沉醉。他们诚实的彼此吹嘘自己的美貌，在这些秘密的诗歌里花费语言的宝藏，揣测最温和的夸大，意大利诗词所重复唱和的迪布尔的古诗里所有的最暴露的柔媚。同一而又不同的海水的透明的流苏之回到沙滩的细沙上来，都是他们的嘴唇所提到的，他们的心思所想到的。多么快乐的持久的忠诚啊！

如果得计算日子的话，我们就得说这时期经过了五个月；如果得计算无数的感觉的话，我们就得说到这些思想，这些梦幻，这些眼色，这些盛开的花朵，这些现实了的希望，这些无边的快乐，一只散了又梳而饰有花朵的发髻，说了又说的忽断忽续的谈论，滑稽的笑声，浸入海水里的脚，到岩石里去寻觅贝甲的嬉戏，接吻，惊异，紧抱您可以说这是整个的人生，我们也许可以用死这个字来解释一切。这总是灰天之下所完成的暗淡的存在；但是请您假定有一天太阳可以使蓝色的天空发焰，这是他们的柔情的“五月”，埃田就在这季节把他的一切过去的苦痛挂在葛布丽埃尔的心上，而少女把她的未来的快乐接连在她的主人的心上。埃田平生只有一个苦痛，这就是他的母亲的死；他也只能够有一个爱人，这就是葛布丽埃尔。

七、宝珠破碎了

一个野心家的鲁莽的竞争使这甜蜜的生活急速的流逝。黑罗维尔公爵是个没有机智的老战士，粗暴而能干的政客，他答应医生的要求之后，心里忽然起了一阵狐疑。

阿尔达昂男爵是他的传令官，在政治方面是他所最亲信的。男爵是黑罗维尔公爵所喜欢的一个男子，一种杀人不眨眼的家伙，身材强大，面貌魁梧而冷酷，办起事来有个铁石的心肠，然而手段却非常的灵活；他而且是个贵族，是个有兵士一般的率直，政客一般的狡猾的野心家。他有配合面相的一双手，一双无法无天的浪子所需要的大手。他的举止是粗鲁的，他的语言是直截了当的。

总督派遣他的传令官去监视医生在储贰身边的行为。无论葛布丽埃尔是如何的秘密，传令官也不容易受欺：他听见两个嗓音的唱和，他看见晚上海滨的房子里有灯光；他猜想埃田所有的一切忙碌，埃田所叫人采集的花朵，埃田所下的许多命令都为的是一个女人；于是他就在半路上惊动了葛布丽埃尔的保姆，女仆到福尔卡里埃去办理一些事情，带一些衣服到那里去洗濯，而从那里带回一架刺绣机和少女所用的家具。老朽的兵士想要看看接骨医生的女儿，他也居然看到了她，而溺爱了她。保芜罗瓦是富裕的人家，公爵一定会愤怒这位好好先生的大胆行为。

阿尔达昂男爵利用这些情形来建筑他的幸运大厦的基础。公爵知道他的儿子恋爱的话，他一定会给他找到一个大家庭的小姐，承继有许多地业的女子来当他的妻子；为着使埃田摆脱他的爱情起见，公爵只要把葛布丽埃尔嫁给一个将要把土地押给一个财主的贵族，使她失节就够了。男爵并没有土地。这些情形都是非常适合于世俗所常产生的事情，而不应当使埃田和葛布丽埃尔受到挫折。然而机会即已经帮助了男爵。

公爵居留在巴黎的时候，已经替马克西米连报仇了，他杀死了次子的敌人，他又给埃田注意一个意外的婚事，要替他娶上葛兰地刘家一房的地产的女承继人，一个伟大美貌的骄傲的女子，然而却希望有一天能够带上黑罗维尔公爵夫人的衔头。公爵希望他的儿子娶葛兰地刘小姐为妻。听到埃田爱上了微贱的医生的女儿，他更要实现他的希望。在他看来，这交换是不成问题的。您知道这残暴的政客是不是懂得爱情！他曾经让埃田的母亲死在他身边而没有懂得她的任何一声叹息。男爵最后告诉他保芜罗瓦的计划走得如何的快速时（传令官对保芜罗瓦家抱有最大胆的野心），他的愤怒也许竟是平生最大的一次。公爵命令他的仪仗而从巴黎动身到卢昂来，带了葛兰地刘伯爵夫人，她的妹妹诺瓦孟地埃侯爵夫人和葛兰地刘小姐到他的别宫来，说是要让她们来观光诺曼地。到达之前几天，黑罗维尔到卢昂来的消息不知道怎么样的传播了全地区，人家所谈论的问题都只是年青的尼夫郎公爵爱上著名的接骨医生的女儿保芜罗瓦·葛布丽埃尔的故事。卢昂人正好就在欢宴老公爵的席上谈到这问题，因为客人们都喜欢刺激诺曼地的暴君。这情形使总督愤怒到极点。他叫人家给男爵写信，命令男爵严守他回到黑罗维尔别宫来的秘密，叫男爵设法补救他认为不幸的事情。

埃田和葛布丽埃尔就在这情景里走进了庞大的爱情迷宫里，他们两个人都不考虑走出，而要生活其中。

有一天，他们逗留在完成许多事情的窗口。最初充满甜言蜜语的时刻最后却变成了岑寂的默思。他们开始在心里感觉到有一种完全占据对方的莫名的欲望：他们互相告知彼此的混乱的思想，他们的纯洁灵魂里所反射的美丽的影象。在这还很清朗的时刻里，当埃田拉住了贴在他嘴唇上的葛布丽埃尔的手时，他的眼睛有的时候就充满了泪珠。正如他的母亲似的，在她所没有过的这样快乐的爱情时刻里，受人咒诅的儿子就瞧着海水，那时候海水在沙滩上的颜色是黄金色的，在水平线上的颜色是黑色的，这里那里的杂着银色的波涛，宣告暴风的来临。葛布丽埃尔效法她的朋友

的态度，她也瞧着这景象而缄默无言。一道眼色，一道灵魂藉以彼此依赖的眼色就够得让他们交通思想。最后的放弃在葛布丽埃尔看来并不是一种牺牲，在埃田看来也并不是一种需要。每一个人都喜欢这种这样神圣永远肖似自己的爱情，他甚至于都不知道这爱情的结局，既不恐惧受欺，也不骇怕延迟。埃田和葛布丽埃尔都绝对不知道他们的满足，虽然这种满足的欲望针刺着他们的灵魂。正当晚霞的薄弱色泽笼罩海上，只有沙滩上的潮声打破寂寞的时候，埃田忽然站了起来，葛布丽埃尔也用空泛的恐惧效法这动作，因为他撇开了她的手。埃田把葛布丽埃尔抱在怀里，用温和的协合的动作把她紧紧的靠在他心口；所以，明白了他的欲望之后，她也就让他觉得她的身躯的重量刚刚好可以给他保证她是属于他的，而不足于使他疲倦。情郎把他那过分沉重的脑袋靠在他的女友的肩上，他的嘴靠在她的哔啪的胸口，他的头发弥漫的散落在她的背上而摸抚着葛布丽埃尔的颈项。诚实爱恋的少女斜下她的头，让埃田有更多的地方去用手臂围抱她的颈项，使自己变成为他的支柱。他们就这样的逗留着，没有说任何的一句话，一直等到黑夜的来临为止。蟋蟀在穴里鸣唱，两个情人倾听这音乐，仿佛要集中他们的一切官觉在听觉上似的。当然啰，我们只能够拿插足人世等待回飞天上的天使来比拟他们。他们已经实现了柏拉图的神秘的天才和一切寻觅人生意义的人物所有的美梦；他们只有一个灵魂，他们的确是特别生来去装饰什么无名的天星的额头的神秘的宝珠，我们一切的人的希望！

“你要送我回去吗?”葛布丽埃尔先离开这甜蜜的缄默，嘴里说。

“我们为什么离开呀?”埃田回答说。

“那么，我们就得永远在一起了。”她说。

“别走。”

“好。”

老保芜罗瓦的笨重的脚步声在隔壁的厅里震荡着。医生刚才看见他们一块儿留在窗口，现在却看见他们分开了。

“这不好，我的孩子，”他对葛布丽埃尔说，“逗在这里这么晚，没有灯光!”

“为什么呢?”她说，“您知道我们很相爱，您知道他是别宫的主人。”

“两位孩子，”保芜罗瓦接着说，“要是你们相爱的话，你们就得结婚来过共同的生活，这才可以得到幸福；但是你们的婚事却得听从公爵大人的意向……”

“我父亲答应我让我满足我的一切愿望!”埃田打断了保芜罗瓦的话，叫了起来。

“那么，就请您给他写信去罢，大人，”医生回答说，“请您告诉他您的愿望，再拿这封信给我，让我把他跟我刚写的一封信凑在一起。柏尔特兰立刻就要把这些信送给大人本人。我刚听说他在卢昂；他带了葛兰地刘家的女承继人来，我不相信这是为他自己而带她来的……要是我相信我自己的预觉的话，我今天晚上就要带走葛布丽埃尔。”

“我们离别了吗！”埃田心里的一阵苦楚使他软了半截，他靠在女朋友的身上，嘴里喊道。

“爸爸！”

“葛布丽埃尔，”医生一边说，一边把他从桌上取来的一只药瓶递给她，叫她拿给埃田闻嗅，“葛布丽埃尔，我的良心告诉我你们是天生的情侣……但是我要让公爵大人去预备接受一个伤刺他的思想的婚事，然而魔鬼却通知他来反对我们……——他是尼夫郎公爵大人，”父亲对葛布丽埃尔说，“可是你，你却是一个贱医生的女儿。”

“我父亲曾经发誓不使我遇到任何逆意的事情。”埃田镇静的说。

“他也跟我发过誓，同意我去做任何的事情来给您找到一个妻子，”医生回答说，“但是他的话算得数吗？”

埃田仿佛受到雷电打击似的坐了下来。

“今天晚上海水的颜色很阴沉。”他缄默了一会儿，又接着说。

“要是您会骑马的话，大人，”医生说，“我就要教您跟葛布丽埃尔一同逃走，今天晚上就逃走；我认识你们，我知道任何其他的结合都要使你们悲痛。公爵听到你们的逃走一定要把我送进牢狱，让我在那里去消磨我的余生；但是我却会快乐的死去，只要我的死能够保证你们的幸福。嗨！骑马要使您跟葛布丽埃尔的生命发生危险。我们得留在这里来抵御总督的怒气。”

“这里！”可怜的埃田重复的说。

“我们被别宫里的什么人出卖了，他激动了令尊的怒气。”保芜罗瓦接着说。

“我们一块儿跳海里去罢!”埃田斜下头，朝着跪在情郎脚前的葛布丽埃尔的耳朵说。

她点一点头，微微的一笑。保芜罗瓦猜透了一切。

“大人,”他接着说，“您的知识和您的智慧都使您有雄辩的才能，爱情应当使您有个锐不可当的口才：请您对令尊宣布您的爱情，请您证实我的信，这封信也说得相当有道理。我相信一切的希望都还没有消灭。我跟您一样的爱我的女儿，我要防卫她。”

埃田摇一摇头。

“今天晚上海水的颜色很阴沉!”他说。

“他仿佛是我们脚边的一片金光。”葛布丽埃尔哀怨的回答。

埃田叫人端来一盏灯，自己坐在桌上给父亲写信。葛布丽埃尔跪在桌上的一边，默默的看他写信，不加念读，她可以在埃田的额头上读出一切。另外一边是老保芜罗瓦，他原先快乐的脸孔却显得非常的忧愁，跟埃田的母亲死在其间的房屋一样的忧愁。一道秘密的声音对医生说：“他将要步他母亲的后尘!”

写完了信，埃田就把他递给老年人，老年人立即走去把他交给柏尔特兰。老骑卫的马早已装备完竣，他是便着出门的：他走了，在距离黑罗维尔四法里的路上遇到了公爵。

“请你送我到塔楼的门上。”两位情侣单独留下的时候葛布丽埃尔说。

两个人走过了红衣教主的图书室，从塔楼走下，在那里找到了门，埃田曾经把这门的钥匙交给葛布丽埃尔。可怜的孩子耳鼓里震荡着不幸的恐怖，他把他给情人照路的灯笼放在塔楼里，陪她走向家门。走到了这陋室的小花园几步路的地方，两位情人就停步了。因为心里所激动的空泛的恐惧而壮了胆，他们两个人就在岑寂的黑影里互相接了一个可以使感觉和灵魂结合去产生一个默然的快乐的蜜吻。埃田懂得爱情的双重的表现，然而葛布丽埃尔却逃走了，她只怕受到情欲的诱惑，但是为什么呢？……她也一点儿不知道。

正当尼夫郎公爵关了塔楼的门，一步一步的登上阶梯的时候，葛布丽埃尔所发出的一阵恐怖的喊叫就像是烧毁眼睛的闪电一样激荡的浮漾在他的耳鼓里。埃田穿过了别宫的寓所，走下了大梯，赶到了沙滩，朝着葛布丽埃尔的房屋跑去，他看见这房屋里有灯光。走到小花园里的时候，葛布丽埃尔在照耀保姆的纺纱车的灯火之下看见椅子上坐的是一个男人，而不是她的女仆。这个男人听到了脚步声，就朝着她走来，惊吓了她。阿尔达昂男爵的面相证明了葛布丽埃尔的恐慌并不是毫无根据的。

“您是大人的医生保芜罗瓦的女儿。”葛布丽埃尔从恐惧里恢复过来的时候，传令官就对她这样说。

“是的，大人。”

“我有重要的事情告诉您。我是阿尔达昂男爵，黑罗维尔公爵大人所使唤的传令官。”

在两位情人所处的环境之下，葛布丽埃尔大为惊异这位兵士对她说来的话语和这坦白的腔调。

“您的保姆在那儿，她听得见我们的话，您到这边来罢。”男爵说。

他出去了，葛布丽埃尔跟着他走。两个人走到房屋后面的沙滩上来。

“您别骇怕。”男爵说。

这句话可以使一位有知识的女人恐惧；但是一位爱恋的单纯的少女绝不会相信有什么危险。

“亲爱的孩子，”男爵拼力拿更优美的腔调对她说，“您和您的父亲，你们已经面临了一个你们明天就要堕落下去的深渊；我不能够看到这情形而不来通知您。大人非常不满意您的父亲和您，他怀疑您引诱他的少爷，他宁可看见他的少爷死去，不愿意看见他当您的丈夫：这是他对他的少爷的态度。至于您的父亲呢，这是大人的决定。您的父亲九年了都让人诬告有一个罪行；就是关于一个贵族的孩子在他母亲生产的时候请您父亲来接生而被您偷换了这孩子的事情。大人知道您父亲无罪，他给议院保证您的父亲；但是现在他要逮捕您父亲，把您父亲交给法院，请求人家判决您父亲的罪刑。您的父亲一定要被人活活的处死；但是因为对主人有功劳，他也许会得到只让人绞死的刑罚。我还不知道大人对您有什么决定；但是我知道您能够把大人从他父亲的愤怒下救了出来，把您的父亲救出可怕的极刑，同时也可以救出您自己。"

"那么，得怎么办呢?"葛布丽埃尔说。

"走去跪在大人脚前，承认他的少爷不顾您的意向爱上了您，告诉他您并不爱他的少爷。证明了这一点之后，您就可以再给他提议让他把您嫁给他所喜欢的男子，叫这个男子荣幸来当您的丈夫。他是大方的，他会使您成立一个富裕的家庭。"

"我什么事情都能做，就是不能够否认我的爱情。"

"但是为着拯救您的父亲，您和尼夫郎公爵大人呢?"

"埃田愿因此而殉情，"她说，"我也是同样的情形!"

"丢了您尼夫郎大人会悲痛的，但是他倒可以为他的家声而活着；您可以让步来当一位男爵的妻子，不要当公爵夫人，您的父亲也就可以活下去了。"积极的男子回答说。

这时候，埃田到了房屋，他没有看见葛布丽埃尔，就大叫一声。

"他来了!"少女惊惧的喊，"让我去安慰他去罢。"

"我明天早晨再来打听您的回话。"男爵说。

"我得问问我的父亲。"她回答说。

“您不会再看到他了！我刚接到逮捕他，再把他套上铁链，押送到卢昂去的命令。”他说着，离开了惊惧的葛布丽埃尔。

少女奋身走进房屋，她在那里找到了埃田，埃田因为问了保姆一声“她在那里？”而得不到回答，不禁大吃一惊。

“我在这儿！”少女喊道，她的声音是凄凉的，她的面色是失调的，她的步伐是沉重的。

“你从那儿来呀？”他说，“您叫唤过！”

“是的，我碰上……”

“不，我的爱，”埃田打断她的话，回答说，“我听见一个男人的脚步声。”

“埃田，我们一定是得罪了上帝，我们跪下祈祷罢。然后我要告诉您一切的事情。”

埃田和葛布丽埃尔双双跪在凳上，保姆嘴里念着《三串经》。

“上帝啦，”少女的精神一跃跳过了人世的土地，嘴里说，“要是我们并没有犯什么罪来违反您的神圣的命令，要是我们并没有触犯教会和国王的话，就请您赐恩我们，让我们在这世上或在其他的世上不要分开！我们两个人已经结成了一个人，我们的爱情就像您放在海珠里的光辉一样的发亮。”

“亲爱的母亲，”埃田加上说，“你现在居住在天上，请你要求圣母如果葛布丽埃尔和我，我们不能够幸福的话，至少得让我们一块儿死去，一块儿受苦。只要你召唤我们，我们就要到你那儿去！”

于是，念完了晚祷之后，葛布丽埃尔就叙述她遇见阿尔达昂男爵的经过。

“葛布丽埃尔，”年青人从爱情的失望里汲取勇气，说，“我懂得反抗我的父亲。”

他吻她的额头，不再吻她的嘴唇；然后他就回到别宫里来，决定去抵御压迫他的整个生命的可怕的男人。他并不知道一离开了葛布丽埃尔的房屋，这房屋就被兵士团团的围住了。

第二天，当埃田去看葛布丽埃尔，发现她已经变为囚人的时候，他心里不禁万分的苦楚；但是葛布丽埃尔却派遣了她的保姆来告诉他她宁可殉情，不愿意出卖他，她而且找到了欺骗戒备森严的守兵的方法，她可以躲到红衣主教的图书室里，谁也不会疑惑她在那里；但是她不知道什么时候她可以完成她的计划。埃田于是就滞留在他自己的卧室里，他的心力因为烦躁的等待而在那里消磨殆尽了。

三点钟的时候，公爵的仪仗和他的随员回到了别宫，他得在这里跟他的人众共同吃晚饭。果然，夕阳西沉的时候，由她女儿挽着手臂的葛兰地刘伯爵夫人，公爵和诺瓦盂提埃侯爵夫人都万分缄默的登上了大梯，因为主人的严厉的额头惊吓了一切的人众。虽然阿尔达昂男爵知道了葛布丽埃尔的潜逃，他倒确信她还在守兵的包围之中；但是他却因为公爵看出了这潜逃破坏了计划会使他个人的诡计受到灾害而颤栗着。这两只可怕的脸孔都有一种风雅的习惯强迫他们装出的温和的气度所没有能够掩蔽的凶恶的表情。公爵命令他的儿子到大厅里来。大家都来到这里的时候，阿尔达昂男爵从埃田的沮丧的态度里认为葛布丽埃尔的潜逃还不是他所知道的。

“这是小儿。”老公爵拉着埃田的手，把他介绍给贵妇们。

埃田给他们行礼致敬，没有说任何一句话。伯爵夫人和葛兰地刘小姐交换了一个眼色，没有瞒得过老年人。

“令媛不会受到他的爱护，”他低声说，“您不是这么想法吗?”

“我想的正相反，亲爱的公爵。”母亲微笑的回答说。

陪着姐姐的诺瓦盂提埃侯爵夫人不禁狡狯的发笑。这笑声伤刺了埃田的心，大家闺秀的眼色早已使他惶恐了。

“好罢，公爵先生，”他的父亲低声用快乐的神气对他说，“我不是替您在那里找到一个美丽的模型吗？您对这位小姐有什么意见呢？我的智慧的天神？”

老公爵并不怀疑儿子的服从，在他看来，埃田是埃田的母亲的儿子，指头上的同样柔和的面团。

“但愿他生了一个孩子再死去！”老年人想，“这跟我没有什么相干。”

“父亲，”孩子温和的说，“我不懂得您的意思。”

“到您房子里来罢，我有两句话告诉您。”公爵说着，走进了华贵的卧室里来。

埃田随着他的父亲走。三位贵妇惊异阿尔达昂男爵的古怪的动作，就在这大厅里走着，聚集在公爵让他半开的华贵卧室的门口。

“亲爱的边查民，”老年人先柔和他的嗓音说，“我替你选好了这个伟大的美丽的小姐为妻；她是布列颠公国的一个老世家葛兰地刘家幼房的地产的女承继人。所以，你得当个大方的伴侣，你得记起你在书里所读到最有趣味的东西，在使她们做些风流雅事之前先给她们讲一讲风流雅事。”

“父亲，绅士的第一个责任不是守信用吗？”

“是呀。”

“那么，当我宽恕因为嫁给您而死在这里的我的母亲的时候，您不是答应过我永远不要逆忤我的欲望吗？‘我自己也要跟服从家神似的服从你！’这不是您说的话吗？我不会在您身上打算什么事情，我只要求在我所唯一注意的终身大事上有我的决定的自由。”

“我懂得你不会反对来给我们的高贵的家族传嗣。”老年人一边说，一边觉得他的一切血液都一直涌到他的脸上来。

“您并没有给我提过什么条件，”埃田说，“我不知道爱情和传嗣有什么关系；我所清楚的就是我爱您的老朋友保芜罗瓦的女儿，您的女朋友罗马美人的外孙女。”

“但是她已经死了啊。”老巨人用既阴沉又讥笑的神气回答说，这种神气表明他有如何使她不存在的意向。

一忽儿的深长的缄默。

老年人看见三位贵妇和阿尔达昂男爵。在这特殊的时刻里，听觉格外灵敏的埃田听见要让情郎知道她关在里边的可怜的葛布丽埃尔在图书室里唱了这几句：……

一只黄鼠
更为粗鲁，
百合不若她的清艳……

虽然父亲的可怕的话语已经把受人咒诅的儿子沉埋在死的深渊里，但是这首诗歌的翅膀却扶着他回到了生命的水面上来。虽然这样迅速消除的恐惧动作已经破碎了他的心，他却集结了他的力量，仰起头来，平生第一次朝着他的父亲当面瞧去，拿轻蔑去回报轻蔑，用怨恨的声调说：

“一个绅士不可以撒谎！”

他一跳就朝着大厅对面的门跳去，嘴里喊道：

“葛布丽埃尔！”

突然间，甘美的女郎出现在暗影里，宛如叶丛里的百合花似的，颤栗的站在一群知道了埃田的爱情的讥笑的女人面前。公爵仿佛夹带雷电的乌云，他的怒气到达了无法形容的地步，在这三位内宫贵妇的华丽的服装所形成的光耀的背景上格外显得怒气冲天。在传嗣和门户不当的婚姻之中，任何其他的男人都会犹豫；然而在这位粗暴的老年人身上，他的凶恶一向都决定了一切人事上的困难；他立刻拔出了他的利剑，因为这是他所认识的唯一可以解决世事的方法。在这种情形之下，他的思想混乱到极点，他的本性也就战胜了。两次被他所厌恶的孩子，被他千番咒诅，尤其当他自己认为最可令人轻蔑而一直赋有特权的弱点让对方轻蔑而更加以咒诅的孩子当场揭破了他的撒谎之后，他身上既没有做父亲的人的任何成分，也没有任何男子汉的尊严：老虎跳出了虎穴。仇恨的心情使老年人返老还童，他对这一双九天下凡的天使投去一道仇恨的呆笨的眼色，这眼色都已经杀死了这一对情侣。

“好罢，都给我死掉了的好！——你，你这肮脏的小产的儿子，你是我的耻辱！——你，”他对葛布丽埃尔说，“你这毒害我！全家的毒蛇舌头的贱妇！”

这些话给两位孩子的心带去他们所包含的恐怖。正当埃田看见他父亲的粗大的手拿起铁器，举向葛布丽埃尔的时候，他就死去了，葛布丽埃尔想去扶他，但是她也同样的死去了。

老年人气愤的关上门，对葛兰地刘小姐说：

“我可以娶你，我！”

“您是个老风流，您可以得到一个后嗣。”伯爵夫人朝着法兰西的七朝元老的耳边说。

一八三一～一八三六于巴黎